DREAMBOOKS

DREAMBOOKS

DREAMBOOKS★

DREAMBOOKS★

의원강호
기공흑마 신무협 장편소설
ORIENTAL FANTASY STORY & ADVENTURE

dream books
드림북스

의원강호 2

초판 1쇄 인쇄 / 2015년 1월 26일
초판 1쇄 발행 / 2015년 2월 2일

지은이 / 기공흑마

발행인 / 오영배
책임편집 / 편집부
펴낸 곳 / (주)삼양출판사 · 드림북스

주소 / 서울시 강북구 도봉로 173, 캠프 6층
대표 전화 / 02-980-2112 팩스 / 02-983-0660
편집부 전화 / 02-980-2116 팩스 / 02-983-8201
블로그 / blog.naver.com/dreambookss

등록번호 / 제9-00046호
등록일자 / 1999년 3월 11일

ⓒ 기공흑마, 2015

값·8,000원

(주)삼양출판사 · 드림북스의 서면 허락 없이는 어떠한
형태나 수단으로도 이 책의 내용을 이용하지 못합니다.
ISBN 979-11-313-0232-3 (04810) / 979-11-313-0216-3 (세트)

* 지은이와 협의하에 인지는 생략합니다.
* 잘못된 책은 구입한 곳에서 바꾸어 드립니다.

이 도서의 국립중앙도서관 출판시도서목록(CIP)은 서지정보유통지원시스템홈페이지
(http://seoji.nl.go.kr)와 국가자료공동목록시스템(http://www.nl.go.kr/kolisnet)에서
이용하실 수 있습니다. (CIP제어번호: 2015002266)

의원강호 2

기공흑마 신무협 장편소설

ORIENTAL FANTASYSTORY & ADVENTURE

dream books
드림북스

목차

第一章 역병이 퍼지다   007

第二章 아아. 선천기공이여……   029

第三章 등장하다   051

第四章 황녀 주아민   071

第五章 마무리가 되어 가다   091

第六章 주시를 받다   111

第七章 준비를 하기로 하다   129

第八章 의중을 묻다   147

第九章 그 또한 바빠지다   169

第十章 확장되다   185

第十一章 흑점   205

第十二章 금갑괴공(金甲怪功)   227

第十三章 그만의 운기법   245

第十四章 장인을 구하다   267

第十五章 바깥 활동을 하다   285

第一章
역병이 퍼지다

　일이 생기지 않고서야 자신의 아버지가 찾을 리가 없었다.
　따로 말로는 표현치 않아도 운현의 의학이라는 영역을 존중해 주는 아버지니 당연했다.
　운현은 빠르게 마무리를 하고서는 격리실에서 몸을 움직여 나왔다. 마음 같아서는 더 소독을 하고 싶었지만 당장 이대로 간다손 쳐도 문제는 없을 것이다.
　"아버지. 무슨 일입니까? 또 환자가 발생하기라도 한 것입니까?"
　운현은 약간은 불안한 표정으로 아버지에게 물었다.

치료를 하고 이제 좀 한시름 놓으려는 찰나에 일이 발생했기에 피로한 표정도 함께였다.

아버지 앞에서 예는 아니다. 하지만 워낙 힘든 상황이니 어쩔 수가 없었다.

인간의 감정 중에 불안감이 가장 잘 맞아떨어진다고 하던가?

"그래. 마을에 난리가 났다. 표사들 식구부터 시작을 해서 마을이 난리도 아니구나!"

"그 또한…… 토사곽란인가요?"

"이 애비가 의원이 아니니 그건 잘 모르겠다만…… 증상은 같다."

토사곽란은 역병이다.

표사들이 역병이 걸린 시기에 비슷하게 역병이 돌기 시작했다면, 같은 병이 확률이 높다. 괜히 역병이 아닌 것이다.

'젠장……'

조심한다고 조심했는데, 역시 역병이란 무섭다.

자신이 격리실에 표사들을 두기 이전에 퍼졌을 것이 분명하다. 잠복기를 지나 발병하는 시기도 거의 비슷했다.

우선은 이럴 게 아니었다.

일단 역병이 돌기 시작했다면 어서 움직이는 것이 맞았

다. 허나 그 이전에 자신부터가 문제다.

'이 꼴을 하고선 병을 더 전염시키겠지. 게다가 몸 상태도 말이 아니기도 하다.'

환자를 치료하는데 최상의 몸 상태까지는 필요가 없다.

허나 그렇다고 해서 지금처럼 무리한 상태로 나가 보아야 치료를 하는 데 도움이 되지도 않을 것이다.

역병의 치료, 특히 토사곽란의 치료는 전염이 빠르니 장기전이 될 가능성이 높았다.

"아버지. 우선은 제 옷을 가져다주시지요. 저부터 상태가 안 좋으면 역병이 크게 퍼질 것 같습니다."

"옳다. 그리 하마. 다른 의원들이 나서고는 있다만……의원 중에서도 똑같이 발병한 자들도 있는지라……."

본래부터 의원이 많은 마을이 아니다.

마을이 속한 이곳 현 자체가 의원이 아주 많지가 않았다. 그들이 몸져누웠다면, 그들 또한 환자나 다름없다.

그나마 신기한 점이 있다면 자신의 아버지 정도 되는 무림인들은 병에 안 걸리는 듯했다.

기가 몸을 강건하게 해 주니, 토사곽란 같은 병도 이겨내는 듯했다.

'아차차. 그럼 이들도 귀한 자원이 되겠군…….'

생각해 보니 자신도 병에 걸리지 않는 것을 보면 기 덕분에 버티고 있음이다. 기는 곧 몸의 면역력을 강화시켜주는 것이 분명했다.

역병도 이겨낼 정도로!

이 점을 일단 이용해야 했다. 표사들을 치유하는 데만 집중을 하다 보니 이런 중요한 점을 생각지 못한 게 불찰이다.

기를 가진 자들이 도움이 된다는 것을 진작에 알아차렸어야 했다.

"아버지. 제가 준비하는 동안 사람을 모아주시지요."

"사람을?"

"예. 내공이 높은 편에 속하는 표사들은 물론이고, 표두들도 모두 모아주세요. 그들이 도움이 될 겁니다."

"왜 그러느냐?"

아버지로서는 아직 와 닿지 않는 듯했다.

하기야 이런 것을 이유도 듣지 않고 알기에는 무리가 있다. 어디까지나 지금 시대는 굉장히 과거니까.

"표사나 표두들 중에 내공이 높은 자들은 토사곽란에 걸리지 않았지요?"

"그렇다. 무공이…… 역병에 효과가 있는 것이로구나? 그래서 그들을 이용하려는 것이냐?"

"예. 정확히는 내공이자 기가 효과가 있는 듯합니다."

"흐음…… 이 애비도 걸리지 않는 것을 보면 그런 듯하다."

"그러니 그 사람들의 도움이 있어야 할 것 같습니다. 환자를 모으는 데라도 써야지요."

"그러면 도움이 확실히 되겠구나! 불행 중 다행이야. 그런 점을 미리 생각을 했어야 했어!"

아버지도 좋은 생각이라 여긴 것인 듯했다.

"좋다. 무인들이라 얼마나 올지는 모르겠다만…… 내 옆에 형운과 사람들이라도 모아서 데려오도록 하마."

"예. 부탁 좀 드리겠습니다."

무인들은 본디 이런 일에 잘 나서지는 않는다. 의술에 관련된 문파 정도나 돼야 나설 정도다.

하지만 현에서 덕이 높은 아버지의 말씀이라면야 나서주는 자들이 꽤 될 것이다.

'표사들이 온 곳에서부터 토사곽란이 퍼졌을 것이니…….'

마을을 넘어 현 전체에 전염자가 넘쳐날지도 모른다.

토사곽란이라 불리는 콜레라가 괜히 그가 살던 현대 대까지 치사율이 있던 병이 아닌 것이다.

서둘러야 했다.

＊　　＊　　＊

'급하군.'

　의복을 다시 입고, 본래 입던 옷을 태웠다. 술이나 석회로 소독을 하건 말건, 태우는 게 가장 확실했다.

　그러곤 아버지가 표행 중에 멀리서 구해 왔던 무당파의 백곡단을 몇 알 씹어 먹고는 선천기공을 돌린 운현이다.

　이런 것을 한다 해서 체력이 완전히 회복될 리가 없다. 허나 일단은 그 정도만 해도 충분했다.

"바로 가죠. 사람들은 어디로 모여 있습니까?"

"네 의방이다. 문운파에서도 다행히 스물 정도 와줬다."

"스물이면 많네요?"

　문운파는 중소문파다. 문주를 더해도 문파원이라고 해봐야 백이 좀 넘는다.

　대다수는 수련생이고, 수준이 낮은 것을 생각하면 스물이면 전력의 대부분이 와줬다 생각해도 될 정도다.

"허허. 다행히도 도와주더구나. 고 표두 도움이 컸다."

　고 표두는 문운파 출신이잖은가. 게다가 문주와 비슷한 절정. 그의 영향력이 통한 듯했다.

"아아…… 다행이네요. 어서 가죠."

"그러자꾸나."

지시를 내릴 사람이 없으니 바로 움직이지 못했을 게다. 운현은 바삐 자신의 의방으로 몸을 움직였다.

완숙한 경공은 아니나, 경공은 경공이다. 무공을 사용해서 가니 의방은 금방이었다.

"오셨다!"

고 표두가 가장 먼저 두 부자를 알아봤다.

왕정은 목례로 급히 예를 올리고는 사람들이 모여 있는 중앙으로 갔다.

"와주셔서 감사합니다. 우선은 상황이 좋지 못하니, 바로 움직이도록 하겠습니다. 이중 절반 되는 사람들은 환자를 데리고 와주십시오."

"이러다 우리도 전염될 수 있지 않소? 일이 커질 수도 있잖소?"

문운파 사람일 게다. 그들로서는 당연한 행동이다.

조심하는 것도 있고, 혹은 확인하려는 것도 있을 게다. 도와주러 왔다가 전염이라도 당하면 그들로서는 손해가 막심할 터다.

조심하는 것이 결코 나쁜 행동은 아니다.

"아닙니다. 내공이 일정 이상이 되는 무림인들은 걸리지 않고 있습니다."

"어떻게 믿는가?"

"지금 여러분이 증거가 아니겠습니까. 그러니 다녀오시지요. 상황이 급합니다."

운현의 말을 인정한 것인가? 고개를 끄덕인다.

"흐음…… 알겠소이다!"

"자자, 어서 움직이자고. 무려 우리 도련님이 부탁하는 것이지 않나. 문운파 사람들은 나랑 같이 움직이자고."

고 표두가 나서주니 그제서야 사람들의 행동이 빨라진다. 특히 문운파 사람들은 그들 문파 출신인 고표두의 말을 절대 무시하지 못했다.

몇 년 전에 경지에 올라 이제는 완숙한 절정을 향해서 가고 있는 그의 입김이다 보니 아무래도 압박이 클 수밖에 없었을 것이다.

운현의 아버지가 되는 이후원의 입장에서는 고 표두가 가지는 영향력이 신경 쓰일 법도 하건만 그의 표정은 여전히 여유로웠다.

'슬슬 아버지도 절정을 보고 계신다고 하시더니 그래서 그런가…….'

얼마 전 작은 깨달음을 얻었다고 하신 아버지였다. 덕분에 고 표두의 영향력에도 여유를 가지시는 듯한 터다.

역병만 아니라면 표국에서부터 시작하여 마을과 더불어 표국 자체가 활기를 띠었을 것이다.

그놈의 역병이 문제다.

어쨌거나 중요한 것은 지금이다. 운현은 남은 사람들과 분주히 움직이기 시작했다.

"다음은 사람들이 왔을 때를 대비한 침상입니다. 급한대로 의방에 있는 걸 사용하기는 하겠지만, 주변에 있는 것도 가져오도록 해 주세요."

"예. 알겠습니다요."

표사들은 당연히 협조적이었다. 평소 운현에 대해서 직접 보고 겪은 바가 있으니 비협조적일 수가 없는 것이다.

"여기 가운데를 뚫어주셔야 합니다. 그리고 급한 대로 천막을 치도록 하세요. 표국에 있던 걸 가져오면 됩니다."

"제가 다녀오겠습니다!"

많은 사람들의 협조들 덕에 격리실을 꾸미는 것은 금방이었다.

"여기 환자입니다!"

"여기도!"

그렇게 모든 것이 금세 준비되기 시작하자, 오십이 넘는 환자들이 의방에 오게 되었다.

* * *

'시작부터 오십이라…….'

이곳 마을은 꽤 큰 편이다.

현의 중심이라고 할 수 있을 정도. 문운파에 더불어서 표사만 팔십이 있는 표국이 있을 정도지 않은가.

이들의 각 가정만 해도 이백여 호가 넘을 정도이니, 마을의 크기는 알만 할 것이다. 그런데 그곳에서만 오십의 환자가 나왔단다.

일차적으로 데려온 환자만 오십이면, 도중에 데려오지 못한 자나 빠진 자들을 생각하면 백 정도가 전염됐다는 소리다.

"큰일이군요. 우선은 미리 준비한 침상에 모두를 눕혀주세요."

빌어먹을 항생제!

운현은 그리 생각하면서 재빨리 몸을 움직이기 시작했다. 항생제만 있었어도 일은 좀 쉽게 해결 될 것이다.

하지만 있을 리가 없지 않은가, 당장에 쌀뜨물 같은 설사를 해 대는 환자들부터 처리를 해야 했다.

고열까지 나는 환자가 있는 것을 보면 상황이 심각한 환자도 여럿이었다.

'음식으로나 전염되는 게 보통인데…… 대체 위생 상태가 어느 정도인데 이렇게 퍼지는 거야?'

일차 환자들을 데리고 격리실에서 치료를 하는 동안에도 전염이 일어난 것을 보면 언제 한번 위생에 관한 점검을 해야 할 듯싶었다.

어쨌거나 그는 꾸준히 머리로는 생각을 하면서도 사람들을 치료하기를 멈추지 않았다.

"당장에 내력이 약하다 싶은 자는 빠지세요. 구토, 설사와 직접 접촉하면 전염률이 더 올라갑니다."

"흐음…… 도련님 그럼 도련님의 내공은 어떻게 됩니까요?"

역병에 당하지 않는 기준점을 세우려는 건가. 좋다.

"십이 년 정도 내공입니다. 하지만……."

선천진기라는 것을 밝히기 전에 고표두가 먼저 막았다. 운현의 비장의 무기를 지켜주려는 생각인 듯했다.

"아아. 알고 있습니다. 그러니까…… 이십 년 정도 내공을 가진 자들은 멀쩡할 수 있을 거란 거군요?"

"……예."

운현도 눈치껏 답했다. 고 표두는 그것이 만족스러운지 한번 고개를 끄덕이고는 사람들에게 외쳤다.

"이십 년 내공 이하는 어서 물러나! 일단은 소독도 하고. 온몸에 술도 뿌리고. 목욕도 하고 그래."

"흐으…… 아까운 술을 왜?"

"일단은 하라고! 가족들한테 병 옮기기 싫으면."

소독을 하기 위해서 술을 뿌린다.

그러나 아무리 술을 뿌려도 부족할 것이다. 제대로 된 소독을 하기 위해서는 꽤 많은 것들이 필요하다.

하지만 급하면 급한 대로 움직여야 하는 법이다.

"에이. 알겠어. 알겠다고. 어이들. 이십 년 내공 안되는 사람들은 모두 가자고."

가족이 아픈 사람들이 다수다. 역병이 무섭다고 하더라도 가족을 두고 떠나고 싶지는 않았을 거다.

허나 환자를 늘릴 수는 없었다. 보다 못한 문운파의 사람이 직접 지시를 내리기 시작한다.

"너! 너도 어서 가야지! 가족이 있어도 우선은 움직여! 여기서 알아서 처리해 줄 테니까."

고 표두의 문파 동기 정도 되는 것인가?

그를 필두로 해서 모두들 물러나기 시작한다.

생각 외로 이십 년 이상의 내공을 가진 자는 많지 않은 것인지 이곳을 돕던 무사들의 반수 정도가 빠져나갔다.

'너무 많이 빠져나간다. 심각한데……'

생각보다 이십 년 내공을 쌓는 게 힘든 듯했다. 하기야 생업이 있으면 수련이란 것이 쉽지는 않을 것이다.

어쨌든 남은 자들은 이제 이십이 조금 넘는 정도다. 이들을 데리고 환자들을 치료해야 했다.

"으으으……."
 치료라고 해도 대단한 치료를 할 수는 없었다. 빌어먹을 항생제가 있지 않는 한은 전과 같은 방법을 사용하는 수밖에는 없었다.
 혈도를 점하고는 그가 만든 약수(藥水)를 강제로 마시게 한다라는 기본적인 치료가 현재로서는 최선이다.
 당장에 연구를 하자고 시간을 들일 수도 없으니, 가능한 방법을 반복하는 수밖에는 없었다.
 그나마도 운현이 이런 방법을 생각해내지 못했으면 탈수 증세를 일으켜서 죽었을 자들이 수두룩했을 것이다.
 운현이 한편에 있는 더러운 오물들을 치우면서 말했다.
 "젊은 사람들은 그나마 버티기는 하는데…… 마을에서 환자들이 몇 추가됐죠?"
 "지금까지 일흔하나다."
 일흔하나.
 생각보다 많은 수다. 보균자들이 잘못하면 몇 달간도 균을 가지고 있을 것을 생각하면 워낙 일이 컸다.
 "돌아간 표사들은 잘 있죠?"
 "그나마 그들은 다행이다. 아무래도 처음 걸렸을 때야

고생했지만…… 그 뒤로는 재발이 없더구나?"

"흐음……."

표사 정도 되면 몇 년 내공이 있으니 균을 사멸시킨 건가? 아직 확실히 알 수는 없다. 그나마 다행인 것은 그들에게 균은 없는 듯하다는 거다.

'항생제를 당장에 만들 수는 없다. 그건 확실히 무리.'

하지만 기에는 무언가 기댈 수 있지 않을까?

지금만 해도 보라. 자신을 돕는 무사들은 토사곽란에 걸리지 않고 있었다.

통계로 내리기에는 그 수가 적기는 하지만 일단은 일차적 결론은 내릴 수 있었다. 이십 년 내공을 가지게 되면 토사곽란에 걸리지 않게 되는 것이 분명했다.

그렇지 않다면 자신을 도와주는 무사들이 지금껏 전염되지 않는 것이 해석이 안 된다.

특히 절정인 고 표두는 여태껏 날아다니고 있을 정도다. 그는 지치지도 않고 가장 열성적으로 사람들을 돕고 있었다.

'일단 나는 선천진기라 이십 년 내공이 안 되도 다행인 거 같고…….'

환자들만 하더라도 이십 년 내공이 있으면 토사곽란에 걸리지 않았을 거다. 하지만 당장 이십 년 내공씩을 줄 수는 없으니 무리다.

"우선은 이들은 치료를 하더라도 표사들과는 다르게 오래 격리해야 할 겁니다."

"그렇느냐?"

"예. 기껏 치료를 해도 다시 전염을 시킬 수가 있어요. 그러니 역병이지요."

세균과 세균에 의한 전염.

이러한 것들을 아버지에게 설명할 수는 없다. 개념도 이해하기 힘들 것이다. 가능한 한 이해할 수 있는 방식으로 설명을 할 뿐이다.

"흐음…… 알겠다. 이왕이면 이 병이 마을에서 끝났으면 하는데…… 가능할지 모르겠구나."

"최선을 다해 봐야지요."

이곳이 아닌 다른 곳으로까지 병이 퍼져 나가면 그때부터는 방법이 없다. 그 전에 어떻게든 이곳을 수습해야 만 했다.

* * *

"크으으!"

현대에서도 콜레라는 치사율 3.9퍼센트다.

별거 아닌 듯한 병이지만 의외로 치사율이 있다. 아프리카에서는 아직도 많은 이들이 쉽게 전염되어 죽고는 하는 게 토사곽란이다.

제대로 된 치료를 하지 못하면 치사율이 오 할까지도 올라가는 게 토사곽란이다.

'그리고 빌어먹을 치사율은 지금이 더 높지…… 환경도 문제야…….'

자신이 잠시 쉬는 동안에, 체력이 약한 노인 하나가 숨져버렸다. 열심히 점혈을 하고 수분을 투입하곤 했는데도 체력이 못 버텨 준 것이다.

"어어! 이, 이런……."

설사를 하다가 죽어버렸으니, 그리 보기 좋은 죽음은 아니었다.

이곳을 돕고 있는 무사들 중에서도 죽은 노인을 알고 있는 자가 있는지 안절부절못하고 있었다.

"자, 장례를 치러줘야……."

"당장은…… 힘듭니다."

"그래도……."

역시 문제는 장례다.

사람이 죽으면 장례를 치러야 한다. 한국만큼이나 장례 의식을 중요히 여기는 곳이 중국이다.

노인의 후손들은 노인이 죽은 것을 알면 당장 장례를 치르고 싶어 할 것이다. 문제는 장례를 치르다가 전염이 번져 나갈 수 있다는 거다.

역병이 이래서 무섭다.

"……어쩔 수 없습니다. 당장에 매장을 하는 수밖에는요. 그나마도 이곳 사람들이 도와줘야 합니다."

"하아…… 허가 놈이 고집이 완강할 겁니다. 효자로 소문난 녀석인데……."

"퍼지게 할 수는 없으니까요. 모든 원망은 저한테 돌리세요."

운현이 그리 말한다고 해서, 과연 운현을 원망할 자들이 있을까?

이곳에 있는 자들은 모두 알고 있었다. 아니, 아는 정도가 아니라 운현에게 탄복을 하고 있을 정도였다.

이곳에서 가장 어린 나이인 운현이다. 하지만 운현은 그 중에서도 가장 열심히였다.

누구보다 열심히 치료를 하였으며, 누구보다 열성적이었다. 그가 보인 헌신은 다른 이들로서도 감히 흉내도 낼 수 없을 정도다.

그 자신은 왕의원이 유언으로 말한 것을 실행하기 위해서라고 하지만 그 마저도 숭고해 보일 정도였다.

다들 내심은,

'명의 정도가 아니라 중원을 울릴지도……'

'이 정도 역병에 사람이 이렇게 조금 죽는 것이 기적이지 않은가.'

이미 운현을 명의라 인정했을 정도다.

그런 운현이기에 원망을 할 수가 없었다.

사정을 모르는 마을 사람들은 당장은 장례를 치르지 못하는 것에 원망을 할지도 모른다.

하지만 후에 운현의 정성을 알게 된다면, 그 누구보다도 고마워하리라. 운현은 그만큼 애를 쓰고 있었다.

"하아……"

허나 차도가 없기에 문제다.

환자들은 어디서 그리 전염을 해 오는지 계속해서 늘어가고 있었다. 치료가 된 표사들도 다시 격리를 시켜봤지만 이미 허사였다.

감염된 자, 균을 가진 자가 생각 이상으로 많은 듯했다. 마을 자체가 역병으로 인해서 마비가 되었다고 여겨질 정도다.

"젠장…… 젠장! 젠장!"

그럴수록 운현의 속은 타들어갔다.

'벌써 죽은 사람만 셋이다.'

모두 운현이 잠시 쉬는 상황에 죽어 버린 환자들이다.

무사들은 어쩔 수 없다고 말한다.

자신 또한 알고 있다. 자신은 신의도 아니며 명의도 아니다. 이제 막 의원으로서 경험을 쌓아가는 자가 아닌가.

외과 수술이면 모를까 이런 병에는 약할 수밖에 없었다. 모든 지식의 총아가 담긴 약들을 쉽게 구할 수 있는 현대가 아닌 것이다.

최선을 다해서 치료를 하고 있지만, 죽는 자들은 계속 나왔다. 사람을 살리려고 하건만 죽어가는 사람들은 늘어가고 있었다.

물론 다른 이들의 생각들은 달랐다.

열흘이 넘는 시간 동안 치료된 자들을 제외하고도, 백이 넘어버린 환자들 속에서 세 사람만 죽은 것을 그들은 기적으로 여겼다.

역병이 돌았는데도 생각 이상으로 많은 이들이 죽지 않았다고 여길 정도다.

하지만 그러한 병을 치료하고 있는 운현으로서는 그 말을 받아들이려야 들일 수가 없었다. 인정을 하면 병에 무너지는 것만 같았다.

역병 따위에 지고 싶지가 않았다. 마음 안에서부터 더 사람을 살리고 싶다는 마음이 불타올랐다.

"크으……."

"여, 여기! 큰일 났습니다."

이번에는 놓치지 않는 것인가?

환자들을 살펴보던 무사들 중 하나가 운현을 불렀다. 당장에 위기가 닥친 환자를 보러 와달라고 하는 것이 분명했다.

第二章
아아. 선천기공이여……

"으으…… 사, 살려……."

본래 보던 환자를 수습하고 응급 환자에게 가보니 탈수증세가 아주 극으로 향해 갔다.

운현을 부른 무사가 땀을 뻘뻘 흘리면서 기를 불어 넣는 듯하나 무리가 있는 듯싶었다.

추궁과혈까지는 아니어도 진기도인을 통해서 환자를 살리려는 마음만큼은 갸륵해 보이는 광경이었다.

"어서 치료를!"

그가 운현이 온 것을 알자 진기도인을 멈추고는 운현을 바라보았다.

아아. 선천기공이여……

'어떻게 해야 하는가. 당장에 탈수를 치료할 수 있는 방안도 없는 듯한데……'

운현 또한 진기도인을 하지 못하는 것은 아니다.

하지만, 한번 진기도인을 하게 되면 꽤 오랜 시간 움직이지 못하는 것을 염려하여 지금껏 한 번도 하지 않았었다.

진기도인을 해서 한 명의 환자를 아주 잠시 호전시킨다고 하더라도, 자신이 탈진하여 있는 그 사이에 다른 환자들이 상할 것을 염려한 것이다.

지금도 보라.

자신보다 많은 내력을 가진 무사가 진기도인을 하였지만 환자의 상태는 아주 잠시 호전됐을 뿐이다.

시간이 조금만 더 지나면 다시 죽을 고비가 올 것이 분명했다.

상황이 안타까워도 이성적으로 생각하고 진기도인을 하지 않은 것이다.

'젠장…… 젠장…… 뭐가 기가 대단하고…… 뭘 연구한단 말이냐. 이래서 명의는 어떻게 된다고! 빌어먹을.'

하지만 지금 이 상황만큼은 그럴 수가 없었다!

눈앞에서 죽어가는 자가 안타까웠다.

마음이 계속 타들어가지 않는가? 사람이 죽어 가고 있고, 또 한 사람이 죽어가는 것을 지켜보고만 있을 수가 없었다.

지푸라기만 잡는 것이라고 하더라도 상관없었다.

몸이 이끌듯 진기도인을 펼쳐야만 한다는 생각이 들었다. 무언가 홀린 것처럼 운현이 죽어가는 환자의 장심에 손을 가져다 댔다.

그리고, 본래부터 그리 했던 것처럼 진기도인을 시작했다.

그 또한 많은 환자를 보느라 몸이 성하지 못할 것임에도 불구하고!

이성적으로 생각하면 당장에 진기도인보다는 힘을 비축하여 많은 사람들을 치료하는 것이 맞을 것임에도 불구하고!

바보처럼 실행해 버린 것이다.

이성적으로는 바보이다 못해 어리석다고밖에 할 수 없는 일이다.

하지만 사람을 살리고 보겠다는 측은지심(惻隱之心)에서 진기도인을 시작한 것이니 그 누가 운현을 도의적으로 뭐라 할 것인가.

"허허…… 운현아."

모두가 안타까워하는 가운데서, 치료를 위한 길이 열렸다. 마음이 낳은 우연이자 발견이었다.

*　　*　　*

"크으으……."

고통스러운 숨을 내쉬던 사람이다.

아니 숨을 내쉬는 것조차 힘겨워 보였다. 체력이 다했기 때문이다. 회복을 하는데 필요한 최소의 체력도 없는 환자였다.

그런 그가 운현이 진기도인을 하기 시작하자 점차 나아졌다. 마치 전설 속에 도인이 행하는 기 치료를 받는 것 같은 광경이었다.

다른 사람의 진기도인도 그러했듯이 일시적인 효과인 걸까?

운현은 복잡한 눈을 하고서는 침상에 누워 있는 환자를 바라보았다.

"……."

지친 상태로도 그의 내심은 굉장히 복잡했다.

분명 측은지심에 따라 진기도인을 했다.

이성적으로는 진기도인을 하기보다는 그 힘을 가지고 여러 환자를 치료하는 것이 나았다.

그런데 결과는 무엇인가?

완치는 아니더라도 죽어가던 자에게 힘을 북돋아 줄 수 있게 되었다. 항생제 치료라도 받은 듯 상태가 좀 호전된 듯했다.

토사곽란이 무조건적으로 항생제가 필요한 것은 아니나, 사용만 할 수 있다면 큰 득을 가질 수 있게 하는 것은 분명했다.

'그래서 매일같이 항생제, 항생제 외쳤던 것이기도 했지······.'

그런데 원리는 모르겠으나 자신의 진기도인이 그와 비슷한 효과를 주는 듯했다. 생각지도 못한 새로운 치료법을 찾은 것이다.

선천진기의 힘인가?

자신의 진기도인에는 무언가 특별한 것이 있는가? 의술을 배워서인가?

당장에 알 수는 없다. 알 수가 있었다면 사람이 죽어가기 이전에 이 방법을 사용했을 것이다.

"흐음······ 어쨌건 연구는 나중. 급한 대로 방법을 바꿔야겠지."

자신의 선천진기가 약과 같은 효과를 가진 것을 알았다. 헌데 그대로의 방법을 사용할 필요는 없지 않은가.

방법을 달리 할 필요가 있었다.

운현이 고 표두를 바라보면서 말했다.

"고 표두님. 다들 환자들 좀 봐줄 줄 알지요? 급한 사람들 말고요."

"그렇습니다만은…… 체력 좋은 젊은 사람들이야 점혈을 잘해서 물만 보충해줘도 낫긴 합니다요."

"예. 그들은 그것으로 될 겁니다."

"허나 문제는 어린아이들이나 늙은 노인들입죠."

점혈을 해서 물을 먹인다는 방법도 나름 혁신적인 것이다.

강제로라도 수분을 보충하는 방법이 없었더라면 죽은 자들은 더 많았을 거다. 수액을 대신한 방법인 것이다.

어쨌건 여기서 한 발자국 더 나아가야 했다.

"그럼 그분들은 저를 중심으로 옮겨 주세요. 위급한 사람들도 물론이고요."

"방법을 찾으신 겁니까?"

"제 진기로 응급치료는 가능한 듯하네요."

선천진기인 것을 말하는 것은 우선 보류다. 가족들이나, 고 표두는 이미 알고 있다지만 굳이 모두에게 알릴 필요는 없었다.

눈치 좋은 고 표두는 바로 알아들었다.

"아아…… 알겠습니다. 바로 조치를 하지요."

"예. 부탁드리겠습니다."

그렇게 선천진기를 이용한 새로운 치료법을 활용하기 시작하는 운현이었다.

"응급한 환자입니다."

"여기로요."

"예!"

새로운 방법을 시도한 채로 시일은 계속해서 지나가기 시작했다.

위급한 사람은 운현이 치료한다.

진기도인을 하기 위해서는 기를 필요로 하니 대부분의 시간은 운기행공으로 보내는 그다.

그를 제외하고는 무인들이 도와서 점혈을 시키고 수분을 보충해 준다.

단순한 이원화의 치료법이지만 그 효과는 막대했다.

늙은 노인들 중에서 체력이 안되어 더 버티지 못할 자들에게 기공 치료를 하니 금세 병이 잦아들었다.

치료가 됐다 하더라도, 균을 보유하고 있을지도 모른다. 그래도 우선은 살아남았다는 것이 중요한 것이 아닌가.

얼마의 시간이 지나갔을까?

계속해서 이어질 것 같은 환자들의 행렬도 어느새인가부터는 잦아들기 시작했다.

적어도 그가 있는 이곳 마을에는 토사곽란이 잦아들기 시작한 것이다.

"아이구…… 감사합니다. 감사합니다!"

"덕분에 살았습니다!"

양민은 병에 대해서 잘 모르는 게 당연했다. 교육을 받은 적이 없으니까. 허나 역병이 큰 병이라는 것 정도는 다들 알았다.

오죽하면 역병이 돌게 되면 하늘이 노해서 그렇다고 제를 올리는 곳도 있을 정도일까?

그런 역병을 운현이 치료해 냈다.

모두를 살린 것은 아니지만, 한번 역병이 돌고나면 초토화 되곤 하는 마을을 적은 피해로 살려낸 것이다.

아무리 이름 난 명의라고 하더라도 하지 못하는 일을 해낸 운현이다.

"감사합니다."
"허험…… 뭐 이런 일을……."
모든 공은 운현에게만 간 것은 또 아니었다.

병에 걸린 사람들은 아픈 와중에 자신들을 치료하기 위해 분주히 움직이던 무사들을 직접 눈으로 보았다.

자신들이 쏟아 내는 오물을 치우던 무사들이다. 고통에 바둥대는 자신들을 위해서 점혈을 하고 손수 물을 먹여준 자들이다.

그런 무사들에게도 당연히 마을 사람들은 고마움을 표했

다.
 평소 무사들에게 두려움의 시선을 보내기만 하던 양민들이, 이제는 무사들에게 한걸음 더 다가간 것이다.
 아니 다가갈 수밖에 없었다.
 자신들의 생명을 살려준 이를 피하면 그게 어디 사람인가? 짐승이 아닌 바에야 당연한 일이다!
 병이 모두 물러나고, 환자들이 없는 것은 아니지만 적어도 이곳 마을만큼은 역병이 진화가 되어 가는 듯했다.
 왕정과 무인들이 낳은 기적인 것이다.

* * *

 '역병의 무서움은 그 후유증에 있다.'
 아직 모두가 치료가 된 것은 아니다.
 환자들이 많이 줄었다고 하더라도 남은 환자들 또한 당연히 있다. 이따금 새로운 환자도 들어오곤 한다.
 이게 중요한 게 아니다. 환자라 하는 것은 치료를 하면 되었다.
 선천생기를 이용하면 항생제 효과를 내듯 환자를 진정시키는데 효과가 있으니 토사곽란 자체는 머지않아 완전히 정복될 것이었다.

"문제는 후유증…….."

마을에 역병이 돌기 시작한 지 벌써 한 달이 넘어서고 있었다. 달리 말하면 현의 중심이라 할 수 있는 곳에 역병이 돌았다는 소리다.

현의 거의 대부분의 일은 이곳을 중심으로 돌아가는 형편이다. 마을에 역병이 도는 동안 등산현 자체가 마비가 됐었을 것이다.

당연한 이야기다.

게다가 병이 치료가 된다고 하더라도 마비가 바로 풀리는 것이 아니다.

그동안에 짓지 못한 농사는 어떻게 하는가? 열지 못했던 장은? 상행위는? 막혀 있던 돈들은?

게다가 표국만 하더라도 타격이 없을 리가 만무했다. 의뢰를 받지 못한 지 꽤나 오랜 시일이 지났기 때문이다.

'암담하다.'

아버지가 말은 하지 않았지만, 그의 눈가에 있는 피로와 눈빛의 불안이 모든 것을 말해 주고 있었다.

표국의 상황이라고 해서 그리 좋지는 않을 것이다.

여기서 무언가 돌파구를 찾고 싶은 운현이었으나, 그라고 해서 딱히 좋은 수가 있는 것은 아니었다.

어쨌거나 자신은 이제 막 의방을 연 의원일 따름이다. 토사곽란을 정복해 나가고 있지만 대단하게 소문난 명의도 아니었다.

'현을 정상화시키지는 못하더라도 아버지는 돕고 싶건만……'

이기적인 마음마저 실현할 힘이 없다. 대단하다 여겨지는 선천진기로도 표국을 당장 정상화시키는 것은 무리다.

"제길…… 내가 이기적인 거겠지."

게다가 문제는 이뿐이 아니다.

표국도 좋고, 이곳 마을에 치료가 이뤄져 가는 것도 좋다. 하지만 역병이 여기만 돌았을 리가 없지 않은가?

모르긴 몰라도 다른 곳들에서도 고생을 하는 곳이 꽤 많을 것이다. 뻔히 예상되는 일이지 않는가. 보지 않아도 알 수 있는 일이다.

예상조차 하지 못하면 모를까. 이미 알고 있는데 모른 척 지나가기만 할 수는 없었다.

외부에도 유행하고 있을 역병의 문제, 일이 끝난 후의 후유증, 특히 표국의 문제들까지. 많은 것들이 그의 머릿속에서 걱정을 안겨주고 있었다.

"달만 밝군……"

밑에서는 역병이 돌아 죽어가는 사람도 나오건만, 밤하늘은 그 어느 때보다 빛나고 있었다.

별 하나 찾아보기 힘들던 현대와는 다르게 아주 멀리까지 보이는 밝은 밤하늘이었다. 그의 걱정이 의미가 없게 여겨질 정도의 맑음이다.

급한 환자들도 없는지라 한참을 멍하니 바라보고 있으려니 뒤에서 인기척이 느껴졌다.

"허허. 아직도 자지 않았느냐?"

"아버지?"

그의 아버지 이후원이다.

운현만큼이나 열심히 환자들을 돌본 이가 아버지기도 했다. 환자들 중에 많은 수를 차지하고 있던 표국 식구들이 염려돼서 더욱 그리 했으리라.

덕분인지 그의 아버지 또한 운현만큼이나 초췌한 기색을 띠고 있었다.

"그래. 내일을 위해서라도 어서 자야 하지 않겠느냐? 환자가 얼마 안 남기는 했다만……."

"예. 적어도 이 마을은 역병을 이겨내겠지요. 하지만……."

"허허. 걱정이 많구나?"

"솔직히 그렇습니다."

차마 아버지를 걱정한다고는 말할 수 없었다.

중년에 다다랐다지만 아버지 이후원은 현역에서 뛰는 자가 아니던가. 아버지까지 걱정한다 말하는 것은 괜히 아버지의 자존심을 상하게 할 수도 있었다.

"녀석도 원. 의원이 다 되었구나."

"스승님의 유언이니까요."

운현을 무인으로 만들었으면 했던 이후원이다. 가진 바 재능이 위로 있는 두 형들 이상이었기에 가진 당연한 마음일지도 모른다.

그런 아이가 어느새인가 다 커서는 의원 노릇을 하고 있었다. 그것도 역병을 치료해내는 명의가 되어서 말이다.

이제는 이후원도 확실히 인정할 수밖에 없었다.

무공을 계속 익혀 오기는 했으나 자신의 아들은 의원이다. 다른 누구보다 곧은 마음을 가진 의원인 것이다.

그런 아들이 다른 곳에 있을 환자들을 걱정하는데 말릴 수만도 없었다.

"허허. 당장에 이곳에서 문제는 없을 게다. 며칠만 더 지나면 사람들도 다 나을 거고⋯⋯ 그리되면 함녕(咸寧)현에라도 가보거라."

"함녕현이요?"

"그래. 거기서도 역병이 돈다는 소문이 있더구나. 고 표두까지 해서 열 명 정도와 함께 가면 되지 않겠느냐."

"아버지……."

"허허. 아들이 의원을 하겠다는데 지원을 해줘야지 어쩌겠느냐. 허나 그 이상은 무리일 수도 있다."

"무리요?"

"그래. 네 몸을 보거라."

자신의 몸에 무슨 문제가 있는가?

애써 치료를 하느라 몸에 무리가 가기는 하고 있지만, 환자들을 치료하는 데는 문제가 없었다. 게다가 선천진기 덕에 토사곽란도 걸리지 않고 있는 상황이다.

그런데도 문제가 있는 것인가? 아니면 아버지의 걱정인 것인가.

"의원이라는 자가 자신의 몸 정도는 정갈히 할 수 있어야 하지 않겠느냐? 남이 보면 네가 환자인 줄 알겠다. 의술에 매진하는 것도 좋으나 바른 몸가짐도 의원에게 있어 중요한 것이 아니더냐? 게다가 너는 너무 무리를 했다."

"아아……."

아버지의 말이 맞다.

의원은 환자에게 믿음을 줘야 했다. 믿음을 주기 위해서…… 자신의 의복을 정갈히 하는 것은 기본 중에 기본이다.

토사곽란을 치료한다는 것에만 목을 매느라 전혀 생각지

도 못했던 부분이다.

 '사소한 것이긴 해도…… 잊어서는 안 되겠지.'

 앞으로는 좀 더 몸가짐을 조심히 해야겠다 생각하는 운현이다. 아버지의 충고기에 더욱 깊이 받아들이는 그다.

 "허허…… 어차피 함녕현 이상을 치료할 수도 없을 것이다."

 "왜 그런 것인지요?"

 "그때쯤 가면…… 이미 환자가 치료가 됐든 되지 않았든 간에 일은 끝났을 것이다. 그 지역의 의원들이 애를 써서 치료를 했든…… 지역이 초토화가 됐든 하겠지. 아무래도 그것이 확률이 높다."

 "……그게 현실이란 거군요."

 "그래. 너와 같은 의원이 중원 전역에 있으면 모를까…… 그것이 현실이다. 이 아비가 수 없이 많은 표행을 하면서 봐왔던 광경이기도 하다."

 이 세계의 의료는 열악하다. 아니 열악하다 못해 많은 사람들이 의원 한 번 보기가 힘들다.

 의원의 수가 적기도 적을뿐더러, 그 값이 문제가 되곤 했다.

 하루 벌어 하루 먹고 살기 힘든 양민들로서는 의원을 보는 것 자체가 때로 사치가 되곤 한다.

자신의 아버지 또한 그런 광경을 수 없이 봐 왔으리라.

열병에 죽어가는 아이, 복통에 몸을 움직이지 못해 생계가 끊긴 가정, 제때 치료를 받지 못해 병을 키우는 노인까지.

'어차피 모두를 구할 수는 없다. 치료를 하고 싶어도 손이 부족하지……'

그래도 손이 닿는 곳까지 애써 노력하는 것 정도는 괜찮지 않을까?

명의가 되라 했던 스승의 말처럼 노력하는 것 정도는 그 누구도 뭐라 하지 않을 것이다. 표국의 일, 마을의 상황, 치료.

그 모든 것들이 마음에 걸리기는 한다.

하지만 지금 있는 환자들을 모두 치료하고 나면, 우선은 함녕현에 갈 생각이다.

그곳에 가서 새로운 환자들을 데리고 토사곽란을 잠재우려는 생각을 하고 있는 운현이었다. 의술을 행하기 위한 그의 첫 행보가 만들어진 것이다.

*　　*　　*

예로부터 역병이 돈다는 것은 성의 성주라 해도 문제가 될 수밖에 없는 것이었다.

왜 역병이 일어나는지 제대로 된 원인도 모르니 더욱 그러했다. 역병의 원인을 의학적으로 보는 것이 아니라 일종의 원죄로 보기도 하기 때문이다.

고대 시대에는 역병이 일어나면 심할 경우 왕의 목을 치기도 했을 정도다.

"허허…… 이를 어쩐다."

역병이 일어나기 시작한 호북의 성주로서는 머리가 지끈거릴 정도였다. 역병을 어찌 해결할 수가 없는데, 이래저래 퍼져 나가고만 있는 상황이다.

동쪽에서부터 시작된 역병의 무리는 어느샌가 남쪽으로 이어지며 다시 북으로 올라오고 있었다.

이 상태로 계속 역병이 진행되게 되면 성도 무한(無限)에도 역병이 올라오는 것은 금방이다.

'차라리 나 홀로 있었다면 상관이 없을 것이거늘…… 시기가 너무 안 좋구나.'

하필 무당파를 들른 황녀가 이곳에 온 것이 더욱 문제이다.

모친의 건강을 기원하기 위해서 저 멀리 북경에서부터 호북까지 온 황녀가 지금 성도 무한에 있었다.

황후를 생각하는 그 마음은 갸륵하지만 시기가 너무 공교로울 때에 온지라 문제다.

어쩌면 역병에 시달리고 있는 양민들은 성주 때문이 아니라, 이곳 호북성에 온 황녀 때문에 병이 퍼지기 시작한 것이라고 믿을지도 모른다.

말도 안 되는 미신 같은 소리다.

하지만, 때로 사람들이라는 것은 말도 안 되는 곳에서 원인을 찾으니 가능성이 전혀 없는 것은 아니다.

그렇게 일이 진행되면 황녀도 황녀지만 성주 자신에게도 문제가 발생하게 된다.

황녀에게 원한이 가게 되면 모르긴 몰라도 황실에서는 성주에게 어떻게든 피해를 줄 것이다.

성주 자신이 죽어 나자빠지지 않으면 다행일 거다. 황실에서는 황녀에 대한 원한을 희석시키려기 위해서 그런 짓을 정말 벌일지도 모른다.

그때다. 머리를 쥐어 싸매고 있는 성주를 하인이 찾아왔다.

"성주님. 황녀님께서 들라 하십니다."

"허허…… 알겠다."

그의 고민이 더 깊어 질려는 찰나, 성에서 가장 높은 자가 된 황녀가 자신을 찾고 있었다.

황녀 또한 황실의 일원으로서 자라나 바보는 아닌 여인이다. 자신의 위치를 알았고, 자신의 위치에서 무엇을 해야만 하는지를 아는 여인이었다.
 '그분이라면…… 무언가 생각이 있으실까?'
 성주 자신으로서는 무언가 답이 생각나지 않는 상황이다.
 그렇다면 황녀는 좀 이야기가 다르지 않을까? 자신을 찾는 것에는 무슨 이유가 있지 않을까?
 성주는 그리 생각하면서 황녀를 만나기 위해서 발걸음을 옮겼다.
 역병이 돌기 시작하여 희망이 없으니 황녀에게 매달리고 있는 성주다.
 그런 성주를 보고 있노라면 위로 원망을 돌릴지 모를 양민들이나, 황녀에 기대는 성주나 다를 바가 없어 보였다.

第三章
등장하다

 황녀는 중원에서 가장 중요한 이들 중에 하나다. 황실의 사람이니 그는 당연했다.
 또한 그녀는 그중에서도 돋보였다. 괜히 현 황제의 가장 총애를 받는 자식들 중 하나가 아닌 것이다.
 모친을 위한 그녀의 효심을 보고 있노라면 황실의 몇몇 사내를 제외하고는 딸들 중에서 가장 사랑받는 것은 당연하다 여겨질 정도였다.
 그저 유일한 단점이라고 할 수 있는 부분이라 함은……사내다운 털털함을 가끔 내보이곤 할 때 정도다.
 "부르셨다 들었사옵니다."

"맞네. 역병은 어찌 되어 가고 있는가?"

"송구스럽게도…… 계속 번져나가고 있사옵니다."

동에서 남으로, 남에서 북으로. 사방팔방에 다 전염이 되려는 듯 좋지 못한 상황이다. 물론 병명 정도는 이미 알아냈다.

"토사곽란이 다른 역병들에 비해서 약하다고는 알려졌으나…… 역병은 역병이었습니다. 의원들의 치료를 받지 못한 곳에서는 반수가 죽어 가고 있습니다."

치료를 받지 못할 경우 사망률 오 할. 이미 역사적으로 증명된 바이니 반론의 여지가 없는 말이다.

황녀 또한 근심이 깊어져 가고 있었다.

"그래서 생각을 해 보았느니라."

"무슨 방안이라도 있는 것이옵니까?"

"그러네. 우선 북쪽에까지 역병이 닿지는 않았으니 그곳에 있는 의원들을 데리고 오도록 하게나."

"예. 이미 열흘 전부터 이뤄지고 있습니다."

발병이 되지 않은 곳에서 의원을 데려오는 것.

그 정도 조치는 성주도 이미 했다. 역병에 대한 가장 기본적인 조치들은 이미 다 한 셈이다.

여기에 황녀는 또 다른 방안을 마련했다.

"동창을 통해 듣기로 토사곽란을 치료해 내고 있는 의원이 있다 들었네."

 황실의 일원인 그녀만이 할 수 있는 방안이기도 했다. 요는 정보력의 문제다.

 성주로서는 듣지 못한 이야기다. 이야기를 들은 성주의 눈에 놀람이 어린다.

 "그런 의원이 있습니까?"

 "그래. 듣기로 발병이 심하게 일어났던 등산현은 거의 치료가 됐다 하더군. 동창의 소식이니 정확한 이야기일세."

 "그렇다 하심은……."

 "그 의원에게 직접 찾아가 볼 생각이네. 그가 많은 병자들을 도울 수 있게 되면 그보다 더 나은 결과가 어디 있겠는가."

 "안 될 말씀이십니다!"

 성주는 반대를 할 수밖에 없었다.

 등산현은 남쪽에 있는 현이다. 지금 현재 역병이 가장 크게 돌고 있는 곳 또한 남쪽이다.

 그곳으로 황녀가 움직이다가 잘못해서 역병이라도 옮으면 어찌 되겠는가?

 그리되면 성주로서는 감당하지 못할 상황이 일어날 것이 분명했다. 성주의 입장에서는 절대 안 될 말을 하고 있는 황녀.

하지만 황녀는 더욱 단호히 말했다. 그녀는 이미 마음의 결정을 다 내린 듯했다.

"내가 여기서 가만 앉아만 있어서는 아무것도 되지가 않네. 되려 상황만 악화가 되겠지."

"그렇다 하시더라도…… 차라리 그를 데려오는 것은."

"아니네! 못 알아들었는가?"

"무슨 말씀이신지……."

"역병을 치료할 정도의 의원은 이미 숨은 기인(伎人)이나 마찬가지인 터. 어쩌면 하늘에서 준비한 안배일지도 모를 자일세."

"……."

아직까지는 이런 미신이 통하는 시대다. 그러니 성주로서도 기인이라는 말에는 움찔할 수밖에 없었다.

"그런 자를 함부로 대했다가는 오히려 하늘이 노해 역병을 더 크게 번지게 할 수도 있네. 허나 이 몸이 움직이면 적어도 그 정성이 나쁘게 작용하지는 않지 않겠는가?"

"하오나……."

황녀 정도 되는 자가 직접 움직인다는 것.

황제는 달리 말하면 천자(天子)라고도 불리우는 존재이니 과연 그 말이 전혀 틀린 말은 아니었다.

"되었네. 이미 마음의 결정을 내렸으니! 가만히 앉아 모든 원망을 듣기보다는 움직이는 것을 택하겠네. 그러니 채비를 하게나. 아니, 이 몸의 호위들과 바로 움직이도록 하지."

황녀는 마음이 급한 듯했다.

"그러시면 저는……."

"성주는 북에서 오는 의원들부터 지휘를 하도록 하게나. 어서 이 역병을 해결해야 하지 않겠는가."

"예!"

"그럼 바로 움직이세."

황녀가 움직이기 시작했다.

* * *

요즘 들어 편찮은 황녀의 어머니였다.

황실에 있는 의원들은 조금만 요양을 하면 괜찮을 거라 말하지만 왠지 모르게 불안함은 커져가기만 했다.

그렇기에 그녀는 저 먼 북경에서부터 호북에까지 와서 무당을 찾았었다. 도가의 영험함이라도 받아 올까하는 마음에서였다.

헌데 자신이 들른 그 시기에서부터 역병이 돌기 시작할 줄이야.

어머님을 위한다는 마음에서부터 시작한 호북행이건만,

주변에서 벌어지는 일이 좋지 못하니 마음이 편치 않은 그녀였다.

오죽하면 평소 털털해 보이는 성격마저도 기가 죽은 듯 보일 정도이니 더 말을 해서 무엇하랴.

어머니의 병세, 자신의 방문과 이어지면서 역병이 도는 상황, 성주의 불안. 상황이 꼬였다.

여러 가지 상황으로 말미암아 이 상황에 대한 책임을 자신에게 미루고 있는 황녀였다.

그녀야말로 누구보다 호북에서 역병이 사라지기를 바라고 있는 인물인 것이다.

"얼마나 남았느냐?"

"금방 당도하게 될 것입니다."

영철은 내시지만, 강한 무위를 보이는 호위무사기도 했다. 다른 무사들도 있기는 하나, 특히 그가 있기에 이번 호북행도 안심하고 온 것이리라.

"알겠다. 그가 어떤 사람인지에 대해서 다시금 읊어 주거라."

"예. 그는 이곳 성 출신으로……."

황녀가 움직이고 있을 때.

운현은 다시금 바쁜 하루를 보내고 있었다.

소문대로 함녕현도 역병이 크게 돌고 있었다. 게다가 제대로 된 치료를 받지 못해 죽은 자도 부지기수였다.

"아이고…… 아이고…… 어머니! 크흑……."

"그만하게나. 자네까지 병에 걸릴 수도 있네."

"걸리면? 걸리면 뭐 어떤가? 이게 사람 사는 꼴이냔 말이야! 어머니는 가시고…… 딸아이는……하아…… 하늘도 무심하시지."

여기저기가 장례를 올리고 있었다.

기본적으로 수분만 제대로 보충을 해 줬어도 살았을지 모른다.

하기야 점혈을 치료에 본격적으로 도입하는 방식은 운현이 생각해낸 것이나 마찬가지다. 누가 물 한 번 먹이겠다고 점혈을 계속해 댈까.

다른 이들이 새로운 치료 방식을 사용하지 않았다 해도 뭐라 할 말은 없다. 그래도 눈앞에 펼쳐진 광경이 좋은 광경은 아니다 보니 속이 쓰린 운현이다.

"하아…… 제대로 된 치료만 받았어도 이들 중에 반수는 더 살았을 겁니다."

"……어쩌겠습니까. 우선 움직여 보지요."

평상시 성격이 밝은 고 표두마저도 지금 상황에선 밝을 수가 없는 듯했다. 그 또한 침통한 어조로 운현을 달랠 뿐이었다.

"문운파와 친하게 지내는 문파 중에 형의문이라고 하나 있습니다. 그곳에 서찰을 미리 보내 두었으니 준비는 해 두었을 겁니다."

형의문(形意門).

문운파와 같이 무당의 속가제자 출신이 만든 문파다.

형태 안에 모든 음향과 오행을 담을 수 있다 하여 초식을 갈고 닦는 데 중점을 두는 특이한 문파이기도 하다.

형(形)에 도가 담겼다 여겨 그를 중심으로 하니 자연스레 초식만큼은 일품이며 발전을 많이 시켰다.

그들이 가진 정신 덕분에 정파 문파치고는 꽤 실전적이다.

그 때문에 같은 경지에 있는 고수라 해도 상대하기가 제법 까다로운 것이 형의파 출신의 문파원이다.

현 문주는 절정의 끄트머리쯤에 위치하였으나, 초대 문주는 절정의 끄트머리에 다다랐을 정도였다.

중소문파치고는 명문이라 할 수 있으며, 문운파와는 같은 무당출신이기에 자연스레 친분이 두터울 수밖에 없었다.

"불행 중에 다행이군요."

"예. 치료 방법도 적어 놓기는 했는데…… 잘 했을지는 모르겠습니다. 평소 생각하던 개념이 아닌지라 반신반의하기는 할 겁니다."

"그래도 상황이 상황이니 하지 않을까요?"
"거기에 기대를 걸어 봐야겠지요."

허나 기대는 상상치 못한 방식으로 무너져 있었다.

대대로 문주가 절정은 되었기에 함녕에서는 세가 강한 편인 형의문이다.

이 문파 또한 대대로 무당에 속가제자를 배출해 내곤 했다. 그를 통해 계속해서 발전을 해 왔으니 세가 약하면 그게 더 이상했다.

허나 그런 형의문이라고 하더라도 신경을 쓸 수밖에 없는 자들이 있으니. 그들이 바로 의원들이다.

무림인들이란 수련을 하다가 혹은 대련을 하다가, 정 아니면 무림행을 하다 보면 다치고 오는 자들이 부지기수다.

심한 경우 독에 당해 중독되어 올 정도다.

오죽하면 의원의 최고 매출을 책임지는 자들이 무림인이라는 말이 농담으로라도 있을 정도다.

사파야 그런 의원들이라고 하더라도 홀대를 하거나, 수틀리면 죽이는 경우도 있지만 정파를 표방하는 곳이 어디 그럴 수가 있겠는가.

자연스레 의원들의 말을 싫더라도 들을 수밖에 없는 구조다. 헌데 그러한 구조가 폐해를 낳아 버렸다.

꼬장꼬장해 보이는 노인네가 형의문 사람들을 상대로 소리를 치고 있었다. 의원이 입을 만한 의복을 갖춘 것이 딱 봐도 의원이었다.

"이런 방식은 억지일세! 물 좀 보충한다고 어디 토사곽란이 나을까!"

"하지만 밑에 등산현에서는 이것으로 효과를 봤다고……."

"허어! 어디서 사이비 의원이라도 나왔나 보지! 어딜 무림인의 점혈이 순수한 의학에 도움을 줄까!"

"……."

"내 무림인들을 무시하는 것은 결코 아닐세."

이게 무슨 말일까.

"의술은 의술이고, 무공은 무공이야. 어디 그런 삿된 방법으로 치료를!"

"그래도 상황이 말이 아닙니다. 있는 방법이라도 써보는 것이……."

"일 없네! 내 그런 사이비스러운 방법을 사용한다면 차라리 치료를 않겠네. 커흠! 알아서들 생각해 보게나."

운현은 그 상황을 보자마자 모든 상황이 머리로 그려졌다. 저런 자들은 뻔하지 않은가. 말로는 아니라고 해도 다른 계열은 무시하는 자들이다.

그도 아니면 지 밥그릇 뺏기기 싫어서라도 환자가 죽어나 자빠져도 새로운 방식을 사용하지 않을 자들이다.

'하기야…… 현대에서도 양학과 한의학이 사이가 안 좋긴 했지. 같은 의술이라도 그럴 정도였으니까…….'

무림인들이 치료를 한다고 나서는 것을 싫어 할 수도 있겠다.

그 내심이 이해가 안 가는 것은 아니지만 상황이 상황 아닌가? 이런 급박한 판국에 저런 고집을 부리고 있다니 말도 안 되는 소리다.

"하……이런……."

"흠…… 촌극이로군요."

"표두님 말이 맞습니다. 됐습니다. 어차피 저런 의원은 필요도 없으니 제가 나서지요."

어지간한 덩치 못지않은 운현이 성큼성큼 형의문 안으로 들어갔다. 이미 환자들을 위해서 문을 개방해 놓은 지라 그를 막을 사람은 그 어디도 없었다.

"무슨 일이십니까?"

형의문에 자리 줄 있어 보이는 자가 초췌한 안색을 하곤 운현에게 물었다. 안 그래도 노 의원에게 시달렸는데 이 사람은 또 뭔가 하는 눈치였다.

"등산현에서 왔습니다."

"오오. 그렇다면 역병을 해결하고 올라왔다는 겁니까?"

"예. 치료가 필요한 환자들이 없는 것은 아니지만 급한 환자들은 모두 치료를 했습니다."

"대단하오."

"커흠. 뭐 그게 대단하다고······."

운현이 좋은 소리 듣는 것이 못내 마음에 들지 않는 것인지 괜히 끼어들고 보는 노의원이다.

'꼬장꼬장하기만 해서는······ 의술은 있을지 몰라도 이 현에서도 좋은 소리 듣고 살지는 못하겠군.'

의술은 있어도 인술은 없는 자일 게다. 하는 짓을 보니 존경받을 가치도 없는 자다.

평소 어른들을 잘 모시는 운현이나, 이런 자들에게까지 예를 차릴 필요는 없다고 생각했다.

"예. 대단하지도 않지요. 고작해야 토사곽란도 제대로 못 막아서야 어디 의원이겠습니까?"

"네, 네놈! 나 들으라고 하는 소리더냐?"

"왜요? 찔리는 거라도 있으십니까? 혹여 역병을 막지 못하고 계신 겁니까?"

"커흠······."

말이 쉽지 토사곽란을 어찌 홀로 막을 수 있겠는가.

운현만 하더라도 마을 전체가 합심하여 돕지 않았더라면 역병을 수습하는 데 꽤 애를 먹었을 것이다.

 평소 운현의 가문이 가진 인덕 덕분에 모두가 합심해서 일을 해결할 수 있었다.

 허나 이곳의 의원은 그런 합심은커녕, 치료비나 챙기지 않았으면 다행인 것으로 보일 정도다.

 "비키시지요. 아까 들으니 치료도 안 하신다 하였으니 제가 하겠습니다."

 "네, 네놈! 의술에도 도라는 것이 있는 것이다. 어디 다른 지역의 의원이……."

 역시 밥그릇 뺏기는 것은 싫은 건가?

 "치료를 못 하겠다고 하시지 않으셨습니까? 저는 치료를 할 생각이고요."

 "이놈이 그래도!"

 "자꾸 놈, 놈 하시는데…… 어디 지나가는 놈이랑 한번 이야기 좀 하시렵니까?"

 운현도 이제 와선 안 되겠다고 여긴 것인지 잔뜩 기세를 끌어 올렸다.

 그의 내공이 많은 것도 아니지만 그래도 선천신공을 통해서 익힌 선천진기가 십 년 이상 쌓인 몸이다.

 게다가 꼬장꼬장한 노 의원의 설익은 못난 짓으로 인해서 잔뜩 화까지 치밀어 올랐으니 그 기세가 보통일까!

결국 의원도 기세를 더는 견디지 못하겠는지 한 걸음 물러났다.

"커흠…… 네놈이 어디 얼마나 잘 치료를 해내는지 내 보겠다! 정히 못 하게 되면 성의 의원에게 연락을 취해서……."

"취하시든가요. 그럼 저기 저 구석에 좀 가 있으시지요. 치료를 해야 하니까요."

"네놈!"

노의원이 화가 치밀어 올랐는지 다시 운현에게 다가가려 하자 그의 어깨를 잡아채는 이가 있었다. 절정의 완숙에 이른 고 표두다.

"……그만하시지요? 열 내시다가는 일찍 가시는 수가 있습니다. 하하."

협박이다. 의원도 그것을 알아차렸는지 얼굴이 시뻘게졌다.

"내, 내 이런 수치를……."

"……."

모두가 멀거니 그를 바라보고 있을 뿐이다.

서찰로 전해진 새로운 치료법은 시도조차 못 하게 하며, 치료조차 하지 않겠다는 의원 따위를 환영해 줄 자는 여기에 누구도 없었다.

그의 편은 이곳에 단 하나도 없었다.

상황이 심각한 상태에 이른 것을 본 운현은 노의원 때문에 지체된 시간을 다시 벌기 위해서라도 급히 명령을 내리기 시작했다.

"미리 만들어 놓은 침상이 있겠지요?"

"예. 물론입니다! 덕분에 오물은 좀 쉽게 처리했습니다."

"소각은요?"

"그게 부정을 탄다고 못하게……."

형의문의 사람 중에 하나가 노의원을 가만 바라보는 시늉을 한다. 저 노인 때문에 치료를 제대로 하지 못했다는 뜻이다.

'아이구야…… 무림인들이 돕는 것이 뭐가 싫다고.'

하여간에 자기 영역에 누구 하나 끼어들면 좀체 참지를 못하는 종자들은 예나, 지금이나 있는 듯했다.

"후…… 지금부터라도 소각을 하도록 하세요. 이십 년 이상의 내공을 가진 자들만 모여 주도록 하시고요."

"미리 모아 놓았습니다. 아홉 정도 됩니다."

좀 적은데?

라고 생각한 운현이다. 형의문은 문운파보다도 이름이 높은데 어째서 내공이 높은 자들은 부족한 것일까?

그때 옆에서 전음이 들어왔다. 고 표두였다.

[형을 중요시 여기다 보니, 내공 수련보다는 초식 수련을 집중적으로 해서 그럽니다. 이해하고 넘어가도록 하세요.]

[예.]

그런 이유가 있다면 넘어가야 했다. 괜히 지적이라도 했다가는 자존심이 상할 수도 있는 것이다.

"좋습니다. 그럼 그분들 중 다섯은 오물을 치워주시고, 나머지는 저희와 함께 하시면 됩니다."

"점혈을 하고 물을 먹이면 되는 겁니까?"

"예. 그거면 충분할 겁니다. 억지로 토하지만 않게 적당히 조절을 해 주셔야 합니다."

정확히는 전해질을 보충하기 위해서 이런저런 약재를 넣은 물이다. 하지만 이를 당장 설명할 수도 없는지라 편의상 물이라 하고 있을 뿐이다.

"예. 그 정도는 가능할 겁니다!"

충분히 할 수 있을 거다.

무림인을 혈을 가지고 분근착골이든, 혼절이든 뭐든 시키지 않는가. 물 마시게 하는 것쯤이야 작은 응용일 따름이다.

"응급환자들은요?"

"여기에 모아 놓았습니다."

"좋군요."

다행히 꼬장꼬장한 노의원이 방해를 하는 와중에서도 형

운문의 무인들은 제대로 움직여 준 듯했다.

점혈을 하고서 물을 보충해 주는 것을 제외하고는 거의 모든 것을 다 해두었다. 아주 착실한 준비였다.

'역병이 도는데도 이 정도로 해 준 것을 보면…….'

형의문이라는 문파의 사람들도 제법 괜찮지 않은가.

"후우……."

모든 준비가 끝이 난 것을 깨달은 운현은 응급한 환자들의 맥을 잡고서는 선천진기의 기를 이용하기 시작했다. 진기도인을 시작한 것이다.

'이 사람은 사 년 정도 내공이 좋겠군…….'

등산현에서 역병에 걸린 사람들을 치료하면서 쌓인 노하우가 있다.

바로 어느 정도 선천진기를 투입하면 환자를 치료할 수 있을지를 알게 된 것이다. 처음에는 한 번에 많은 내공을 쏟아 부었었다. 때문에 한번 진기도인을 하고 나면 바로 심법을 돌렸어야 했을 정도다.

허나 그리해서는 많은 자들을 치료하지 못하지 않은가. 때문에 그때부터 양을 조절하는 것을 시작했다.

응급 환자들 중에서도 경중을 따져서 치료가 될 만큼만 치료를 한 것이다.

물론 그가 절정은 아니기에 아주 확실하게 그 양을 조절할 수 있게 된 것은 아니지만 그것만으로도 많은 이들을 치료할 수 있었다.

하나를 치료하고 심법을 돌릴 것을 두 명은 더 치료하고 심법을 돌릴 수 있게 된 덕분이다.

"크으……."

운현의 선천진기가 제 기능을 발휘한 것인지 고통스러워하던 젊은이 하나가 조금은 편안한 안색으로 변해갔다.

'이대로면 되겠군…….'

등산 현에서 그러했듯이 이대로만 치료를 하면 함녕 현의 많은 사람들도 치료를 할 수 있을 것이다.

마음 같아서는 호북성에서 역병이 돌기 시작한 모든 지역을 치료하고 싶으나 그는 무리다.

'할 수 있는 한 최선을 다할 뿐이지.'

그가 그리 생각하면서 다음 응급환자를 치료하기 위해서 움직이려는 찰나.

"모두 무릎을 꿇으라!"

생각지도 못한 쩌렁쩌렁한 목소리가 형의문의 입구에서부터 울려 퍼졌다. 갑작스레 이게 무슨 일일까?

'치료를 하자니 방해하는 것만 쌓이네…… 젠장…….'

뭔가 또 일이 벌어지고 있었다.

第四章
황녀 주아민

 어리둥절하던 자들도 황궁을 상징하는 깃발을 보는 순간 무릎을 꿇을 수밖에 없었다.
 황궁의 표식을 모르는 자들도 마찬가지였다.
 흉내가 아닌, 진정 황금이 수놓아진 것처럼 빛이 나는 상징을 사용하는 자들은 역적이 아니고서야 황가의 사람들밖에 없다.
 운현 또한 무릎을 꿇은 수많은 자들 중에 하나였다.
 '대체 이게 무슨 일인가……'
 아닌 밤중에 황궁의 사람이라니.
 역병이 돈다고 황궁의 사람이 모습을 드러낸다?

말도 안 되는 일이다. 고래부터 현대에 이르기까지 지도자들이 위험한 곳에 모습을 드러내는 일은 적다.

그런 일이 적으니까, 모습을 드러내는 자들이 존경을 받고는 하는 것이다. 남이 하지 않은 일을 하는 것이니까.

게다가 황궁은 북경에 있는 터.

'역병이 돌기 시작했다고 북경에서부터 여기까지 오는 것은 말이 되지 않는다.'

황녀가 어머니를 위한 봉행을 하고 있다는 것을 모르는 운현이었기에 그의 궁금증은 커져 가기만 했다.

황궁의 사람들 또한 그의 궁금증을 해결해 줄 생각은 없었다. 그들은 그들의 목적을 위해 움직일 뿐이었다.

"이 중에 이운현이라 알려진 의원이 있는가?"

내시치고는 쩌렁쩌렁한 목소리다. 내시이면서도 동시에 황궁의 호위 무사로 길러진 자가 분명했다.

'여인이군……'

내시이면서 무공을 익힌 자가 호위하는 자는 여성일 수밖에 없다. 적어도 정보 하나는 얻었다.

그를 증명하는 것인지 내시의 목소리 뒤로 여인의 목소리가 들려왔다.

"영철, 그만하게. 운현이라는 기인이 있는가?"

여인이고, 좀 더 부드러운 어조다. 황궁의 사람이기에 높임을 하지는 않되, 존중은 들어가 있는 목소리였다.

"저입니다."

감히 황녀를 보거나 한다면 사달이 난다는 것 정도는 운현도 이미 알고 있는 바였다. 운현은 여전히 고개를 숙인 채로 그녀의 부름에 답했다.

"고개를 들라."

"예."

아름다운 여인이다.

그녀를 보자마자 드는 생각이었다. 남궁세가의 남궁미와는 또 다른 미를 가지고 있는 그녀다.

무언가 듣지 않아도 확신을 할 수 있다.

중원에 알려진 많은 황녀들 중에 누군지는 몰라도, 그 중에서도 꽤나 빼어난 미모를 자랑하는 여인이리라.

'어지간한 왕후장상의 자식들은 다 목을 매겠군.'

처음에는 미모요. 그 다음은 현숙함으로 그녀가 말을 이었다.

"자리를 마련하라."

"예!"

형의문의 사람들은 여전히 멍하니 있는 채, 내시 겸 호위무사인 자들이 분주히 움직이기 시작했다.

황녀가 머무를 수 있는 어떤 공간을 만들려고 하는 것이리라.

 그들이 훈련을 하는 데에는 이러한 공간을 만드는 것 또한 포함이 되어 있는 것인지, 막사인지 화려한 천막인지 모를 무언가가 만들어진 것은 금방이었다.

 그 사이에 영문을 모른 채로 자신들의 보금자리이자, 본거지에서 잠시 쫓겨나는 형의문의 사람들이었다.

 그나마 한쪽에 있는 환자들까지 치우지 않는 것이 다행인 상황이었다.

 '어서 치료를 해야 하는데…… 후우.'

 운현이 응급 환자들을 치료하는 것에 대해서 걱정하고 있을 찰나.

 [도련님. 뭔지는 몰라도 잘 해야 합니다.]

 눈치를 봐가면서 마지막까지 자리를 지키고 있던 고 표두는 전음을 남긴 채로 떠나갔다.

 본디 형운문의 사람들이 있던 곳에 자리하고 있는 자들이라고는 신음하는 환자, 황궁의 사람 그리고 운현뿐이었다.

 "들어가게."

 호위 무사들은 이미 익숙한 듯 자신의 자리를 찾아 지키고 있는 상황.

 영철이라 불리던 자는 이제 움직여도 됐다 여긴 것인지 운현을 데리고 안으로 들어섰다.

'대단하긴 하네……'

지금의 상황을 잠시 잊을 만큼, 금방 만들어낸 것치고는 꽤나 화려한 천막이었다. 이 정도라면 어지간한 양민의 집도 부럽지 않을 정도다.

"왔는가."

안으로 들어서니 황녀가 자신을 맞이한다. 운현이 무릎을 꿇고 있는 것은 당연한 이야기다.

학문을 전혀 닦지 않은 것은 아니지만, 황궁의 예까지는 모르기에 엎드려 바닥에 고개를 조아리고 있을 뿐인 운현이었다.

"고개를 들게나. 아니, 자리에 함께하지."

자리를 함께 하자니. 말도 안 되는 소리다. 어지간한 고관대작이 되지 않고서야 그런 짓은 불가능하다.

"제가 어찌……."

"아니네. 기인은 기인답게 대우를 해줘야 한다 배웠네."

기인이라. 이건 또 무슨 말인가.

평소 어리둥절할 때가 많은 운현은 아니지만, 지금 이 순간만큼은 꽤나 정신이 없을 수밖에 없었다.

하기야 황녀가 등장하고, 그 황녀가 생각지도 못한 대우를 하고 있는데 정신을 제대로 차리고 있다면 그게 더 이상했다.

그녀는 운현의 그런 어리둥절함이 싫지는 않은지 맑게 웃어 보였다.

"후후. 긴장할 것도 없네. 다른 사람을 상관할 것도 없어. 영철을 포함한 모든 사람은 귀가 있어도 듣지 않을 것이네. 이곳엔 자네와 나 둘만 있는 것이지."

무거운 상황을 반전시킬 만한 아찔한 웃음이지 않은가.

황녀이기 전에 매력이 있는 여인이다.

잠시 멍한 표정을 하던 운현은 다시 정신을 차리고는 그녀가 손짓으로 말한 곳에 마주 앉았다.

운현이 먼저 이야기를 꺼낼 것이라고는 여기지 않은 것인지, 황녀가 먼저 운을 떼었다.

"그대가 토사곽란을 치료해 냈다고 들었네. 모든 의원이 힘들어 할 때 말일세."

"노력이 하늘에 정성이 닿았을 뿐입니다."

물이 어떻니, 전해질을 보충해야 하니, 이러한 것들을 어찌 설명할 수 있겠는가. 그저 이 시대에 맞는 표현으로 돌려 말할 뿐이다.

"아니네. 정성이 닿는 대로 하늘이 들어 준다면 모든 자들이 행복하겠지. 바람이 곧 실행될 터이니."

"……송구하옵니다."

"자네가 송구할 것이 뭐 있겠는가. 자아, 중요한 것은 그대가 토사곽란을 치료해 낼 수 있다는 것 아니겠는가."

내용은 무거운 내용이건만 그녀의 현숙함이 말투에 깃들어서인지 왠지 모르게 풀어지기 시작하는 분위기였다.

그렇기에 운현이 물었다.

황궁의 예의상 이런 식으로 묻는 것이 허락되지 않는 다는 걸 모르고 한 물음이다.

"제가 치료를 하는 것이 문제가 되는 것인지요?"

"아니네. 아주 좋은 일일세. 그리고 이왕이면 그러한 일을 더욱 크게 해 주었으면 하네."

"더욱 크게 해야 한다는 말씀은……."

대체 의미가 무엇일까?

설마 환자들을 잘 치료하고 있으니 응원이나 하자고 자신을 찾아 온 것은 아니지 않겠는가.

아무리 황녀들이 자신을 갈고 닦는 것 외엔, 황자들에 비해 할 일이 없다 알려졌지만 덕담을 하러 이곳까지 온 것을 아닐 것이다.

'무언가 바라는 것이 있어서 그런 것일 터.'

대체 무엇을 바라는 것이기에 토사곽란에 대해서 이야기를 하고, 자신의 치료를 더욱 크게 했으면 한다고 하는 것인가.

'설마, 치료를 하지 않게 되면…… 아아. 그런 거였군.'

생각을 이어가다 보니 정답에 근접해 간 운현이다. 황녀의 입장에서는 민심을 위해서라도 자신이 치료하기를 바란다는 정답에 말이다.

"표정을 보아하니 무언가 이해를 한 것 같군. 단도직입적으로 말하겠네. 호북성의 역병을 처리해 줄 수 있겠는가?"

"일거에는 아무리 저라 해도 불가능합니다. 가능한 속도 또한 지금 정도이지요."

선천진기를 이용한 치료 방법을 찾았다고 해도, 딱 여기까지다.

더 새로운 치료 방법을 당장에 찾아낸다는 장담도 할 수 없을뿐더러 다른 의원들이 자신의 치료법을 받아들일지도 의문이다.

당장에 형의문에 있던 노의원만 하더라도 점혈을 해서 물 한 번 먹이는 것 가지고도 꼬투리를 잡지 않았던가.

'내공이라도 많으면 모를까…….'

치료 속도를 올릴 방법은 당장에 없었다.

"그대만의 방법을 이용해서 치료한다 들었네. 그것이 내공에 관련된 것인가?"

"어느 정도는 그러합니다. 제가 제작한 약수(藥水)로 치료하는 것이 첫째입니다. 이것은 누구나 가능합니다."

"그렇다면 둘째는?"

"그럼에도 병을 이겨 내지 못한 자들에게는 저만의 방식으로 치료를 하는 것이 둘째입니다."

황궁의 정보 조직에서 무언가 들었구나 싶은 운현이었다.

"흐음…… 본래부터 알던 치료 방법이었는가?"

황녀가 진심으로 궁금한 듯했다. 자신의 어머니인 황후에게도 치료 방식이 먹히지 않을까 생각하는 듯했다.

허나 운현의 입장에서는 자신의 선천진기가 어떠한 것인지도 제대로 파악하지 못한 터다. 그녀의 기대에 맞는 답을 할 수는 없었다.

"우연에서 나온 기적이라 생각합니다. 다른 병들에도 이 방법이 효용이 있을지는 모릅니다. 다만 역병에 효과가 있기에 하늘에 정성이 닿았구나 생각할 따름입니다."

"으음…… 그러한가. 다른 병에는 효용이 있을지 모른다라."

"송구하옵니다."

하기야 황후의 곁에 있는 의원들도 난다 긴다 하는 의원들이다. 그들이 치료하지 못하는데 운현이라고 가능할까.

역병을 치료해낸 것이 대단하기는 해도 그 이상을 바라는 것은 무리일지도 몰랐다.

"아니네. 역병을 치료하는 데 도움이 된다는 것만으로도 대단한 일이네."

"……영광이옵니다."

그녀가 가만히 운현을 바라보면서 생각에 잠겨 든다.

'내공. 내공이란 말인가…….'

동창에서 들은 것들과 운현과의 대화에서 얻은 정보들을 조합해 보면 하나의 답에 도달할 수밖에 없는 황녀였다.

결국 운현만의 치료가 가능한 것은 그가 만든 약수와 그의 내공에 답이 있었다.

약수야 제조법을 받아서 동창의 무사들이 호북성에 퍼트리게 하면 될 일이다. 무림인의 점혈을 이용해서 약수를 먹인다는 것까지 이미 파악을 했다.

그대로만 실행을 하면 많은 자들을 치료할 수 있다. 또한 그 정도는 실행할 힘은 가지고 있는 황녀.

다만, 문제는 그가 만든 약수로도 치료가 되지 않는 환자들이다.

'노인과 어린아이들.'

그들이 죽게 되면 많은 이들이 통곡할 것이다.

노인이 죽게 되면 그들의 부모가 죽은 것이기에 슬픔에 잠길 것이며, 어린아이가 죽게 되면 자식이 죽은 것이기에 가슴에 대못이 박히게 된다.

그리 되어서는 안 됐다.

황녀인 자신이 이왕 나섰다면 좀 더 나은 결과를 만들어야 함이 옳지 않겠는가. 그것이 황녀로서 배운 자신의 마음가짐이었다.

'답은 나왔구나······.'

마지막까지 고민을 하였으나 답은 나왔다.

어머니를 위해 무당파에서 얻은 것이었으나, 주인은 따로 정해져 있는 듯했다. 역시 귀물이란 것은 괜히 귀물이 아닌 것이다.

그녀가 특별하게도 자신의 품에 가지고 있던 작은 목함을 꺼내어 들어 운현의 앞에 둔다.

그녀 또한 작은 아쉬움이 남아 있었기에 약간은 아쉬운 표정인 채였다.

허나 명령을 내림에 있어서는 단호했다.

"가지고, 흡수하거라. 그리하여 많은 호북의 환자들을 치료해 낸다면 내 따로 상을 주겠느니라."

"무, 무엇인지요."

척 봐도 황녀의 품에서 나온 것은 귀물이었다. 헌데 그 귀물이 무엇이기에 흡수를 하라 말한 것일까?

홀로 고민하고, 홀로 결정을 내리는 황녀의 속내를 알수 없는 운현이기에 당연한 물음이었다. 그에 대한 황녀의 대답은.

"자소단(紫霄團)이다."

운현의 눈이 크게 뜨일 대답이었다.

*　　*　　*

영약이라 하는 것.

흔히 운현이 자신의 심법 효율성을 높이기 위해서 만들어낸 오행단과 같은 것들이 영약이란 것들이다.

하루 정도의 내공 심법을 돌리는 효과가 있는 것들. 일 년, 이 년, 많게는 십 년까지도 내력을 높여주는 영약들이 있다.

남궁세가로부터 받았던 운청환 또한 영약의 하나다.

그 중에서도 으뜸으로 치는 것이 있느니 바로 소림의 대환단이다.

60년 내공. 일 갑자의 내공을 상승시켜 준다 말하는 대환단은 소림사 최고의 귀물이며 수십 년씩의 고행 끝에 만들 수 있을 영약이다.

때로 그런 대환단과 맞먹는 자소단이 자신의 손에 쥐어졌다. 운현으로서는 평생에 구경조차 할 수 없을 거라 여긴 것이 손에 쥐어진 것이다.

"……."

덕분에 고 표두가 눈치껏 상황을 보고 다가 올 때까지도 자소단을 든 채로 정신을 차리지 못하고 있던 운현이다.

자소단이라 하면 같이 있는 고 표두 또한 잠시 혹할 만했다. 그가 헛웃음을 지으며 말했다.

"허허…… 확실히 황궁은 다른 거 같습니다. 어찌 이런 걸…… 그나저나 비밀로 해야 한다고요?"

"예. 본디 갈 주인이 있는 것이었답니다. 무당파에서도 그리 알고요."

"그 주인이 도련님은 아니었으니…… 비밀로 해야 한다 이거로군요. 뭐 이해는 갔습니다. 아주 재밌는 상황입니다요."

"그러게나 말입니다. 본래 주인이 정해져 있다고는 해도 이 정도 영약이라니…… 황궁은 황궁입니다."

"확실히요. 황궁이 아니고서야 어찌 이런 귀물을 쉽게 내주겠습니까?"

실상은 황녀 주아민이 자신의 어머니인 황후를 위하여 어렵사리 구한 것임을 모르기에 할 수 있는 말이었다.

한 대에 하나나 겨우 만들어지는 자소단이 아닌가? 아무리 황녀라 하더라도 쉽게 구할 만한 것이 아니다.

그녀 또한 자신의 어미를 위해서 많은 수고를 하고 얻은 것이 바로 운현의 손에 쥐어진 자소단이다.

그녀가 역병의 원인이 자신에 있다 생각하지 않았더라면 혹은 그녀의 어머니를 위해서는 민심을 자신의 것으로 해야 한다 생각하지 않았더라면.

절대로! 그의 손에 자소단이 쥐어진다거나 하지는 않았을 것이다.

"흡수……해야겠지요?"

"당연한 것 아닙니까. 솔직히 말해 저라면 들고 튀고라도 싶지만은…… 황궁 호위들이 눈 시뻘겋게 뜨고 보고 있지 않습니까?"

"가끔 보면 고 표두님도 너무 솔직하다니까요."

"하하. 그게 제 매력 아니겠습니까? 그나저나 어서 준비를 해야지요. 병을 치료하기 위해 하사한 것이 아닙니까."

"그렇지요. 황궁에 대한 충성심이 무럭무럭 샘솟는 느낌이라니까요."

왜 아니 그렇겠는가. 황궁에서 역병이 돈 양민들을 치료하라고 영약을 내놓을 줄은 그 누구도 상상 못했을 게다.

'아직도 얼떨떨하네…….'

약을 받은 지 한 시진가량이 다 되어 가고 있음에도 조금은 멍한 표정을 짓고 있는 운현이었다.

그러면서도 몸은 영약을 흡수하기 위해서 차분히 준비를 하고 있었다.

'당장에 심법만 돌려서는 안 된다.'

내공이라고 해서 무분별하게 먹으면 안 된다. 상성이 맞지 않는데 영약이랍시고 집어 먹다가는 죽는 수도 있다.

화(火)의 성격을 가지고 있는 내공을, 빙공을 익히는 자가 먹을 수는 없는 것과 같은 이치다.

"그나마 자소단이라 다행인가."

가끔가다 무림을 들썩이게 하는 공청석유 같은 것이었다면 감히 흡수하지 못했을 것이다.

가공하는 것도 무리지만, 공청석유 같은 천연의 영약 같은 것들을 흡수하려면 많은 준비를 해야 한다.

아니면 그 기운을 단번에 흡수할 어마무시한 내공을 가지거나.

결국은 둘 중 하나다.

운현으로서는 그 어느 쪽에도 포함되지 않는다.

다행히 장점이 있다면 그의 내공심법은 선천진기를 사용하는 것이지 않는가. 선천진기는 모든 내공에서도 상위의 것이라 할 만한 것이니 잘 들어맞을 것이 분명했다.

'그것에 희망을 걸어야지. 문제라면…… 내공의 양이 줄어드는 것이겠고. 그 다음으로는 연구라도 해 보면 좋을 텐데, 연구는 못 해 보는 건가.'

분명 일 갑자의 내공을 흡수할 수는 없을 거다. 십오 년 내공이라도 얻게 되면 그것만으로도 내공이 두 배 가까이 늘게 될 터.

아쉽지만 그것이면 많은 환자들을 치료할 수 있을 것이다.

"후우…… 한번 해봐야죠. 보면 볼수록 욕심만 나는 것이 귀물은 귀물이네요. 하하."

"저만 해도 그런 것을요. 자아, 어서 흡수하시지요. 도련님이라면 잘 할 수 있을 겁니다."

"……예."

꿀꺽.

환이었던 것이 본디 물이라도 된 듯 싸한 느낌을 주며 자연스레 목을 넘어 안으로 들어온다.

'……자연 그 자체인 느낌.'

자연을 품으면 이런 기분일까?

작은 영약에서 오는 기운 같은 것과는 차원이 달랐다. 지금까지 자신이 흡수했던 영약은 영약도 아니었다.

그만큼 기운의 격이 달랐다. 거기다.

'영약으로 만드는 기술도 격이 다르군…… 한 수 배우는 기분이야.'

흡수를 하려는 지금도 자소단을 무얼 재료로 만든 것인지는 모른다. 알게 되면 그것이 더 이상했다.

허나 확실한 것은 재료를 조합하여 이 정도의 기운을 만들어 낸다는 것, 재료끼리 상생하게 한다는 것 자체가 보통의 일이 아님을 이미 알고 있는 운현이다.

이어지던 감탄을 끝으로 점차 심법에 빠져 들어가는 운현이었다.

"도련님…… 잘 하시겠지요."

그런 그를 걱정스러운 눈빛으로 바라보고 있는 고 표두가 있었다.

자신의 제자나 다름없는 운현이 안정적으로 내공을 흡수할 수 있을까 걱정하고 있는 것이다.

그의 걱정과 다르게 운현은 차분히 내공을 흡수해 나가고 있었다.

완전히 눈을 반개한 운현이 영약의 맛을 한번 음미하고 일 년의 내공을 얻었다.

영약을 이루는 상생의 기운을 받아들이는 것으로 삼 년의 내공을.

영약을 흡수하며 함께 얻는, 자소단에 담긴 정신을 이어받으며 십 년의 내공을 얻었다.

갑작스럽게 늘어가는 내공이 주는 황홀경에 빠져드는 순간 십오 년의 내공을 얻었으며,

자소단과 상생하기 시작하는 선천진기를 바라보며 다시 이십 년의 내공을 얻었다.
  그리고……
  '이건…….'
  선천진기.
  내공이라는 것이 결국에는 자연 그 자체로부터 나온 것이라는 걸 이성이 아닌 진심으로 깨달은 실마리를 잡기 시작한 순간.
  그 순간의 실마리를 얻고, 생각지도 못하게 삼십 년이라는 내공을 얻게 되는 순간 자소단의 모든 기운은 한바탕 꿈이라도 되었다는 듯 사라졌다.

第五章
마무리가 되어 가다

'삼십 년…… 운이 작용한 것이겠지.'

잘해야 이십 년 내공을 얻을 것이라 여겼다.

본래 가지고 있던 내공의 양이 십이 년 내공이니 여기에 이십 년이 더해지면 삼십이 년이다. 그것만 되었어도 보통은 아니었을 거다.

현재 운현의 나이 17살이다.

구파일방에서 17살쯤 되면 20년에서 30년 내공씩은 가지곤 한다.

1년에 2년 내공씩은 얻으며 후기지수들만은 못해도 무공을 익힐 만한 환경을 갖출 수 있는 덕분이다.

구파일방의 후기지수들은 이야기가 다르다.

그들이 익히는 무공의 급이 다르며, 또한 지원을 받는 것이 보통이 아니기에 그들은 1년에 십 년 이상의 내공을 쌓기도 한다.

지원을 집중적으로 받은 후기지수들의 경우에는 성년에 이르러 내공을 일 갑자에 가까이 갖는 경우도 있다 할 정도다.

중소문파에서는 빨라야 삼십 대, 보통은 사십 대 정도 되어야 일 갑자의 내공을 가지게 되는 것과는 천지 차이다.

'한국으로 치면 강남 엄마, 아빠를 둔 덕분이겠지.'

그러한 차이가 있으며, 그러한 차이를 통해서 나온 많은 수의 무사들이 있기에 중소문파와 구파일방의 격이 다른 것이다.

그렇기에 구파일방이 무림에서 중심이자 전부라고도 불리는 것이기도 했다.

'후…… 그게 중요한 게 아니겠지.'

어쨌든 이런 기준으로 봐도 삼십이 년 내공을 열일곱 살에 가지게 되면 구파일방 출신의 문파원 수준은 되게 된다.

그런데 지금 자신의 내공은 사십이 년 내공이다. 구파 일방의 후기지수들 보다는 못하지만 일반 문파원보다는 나은 상태가 된 것이다.

내공이 무공의 전부는 아니지만, 중요한 역할을 하는 것을 생각하면 자소단을 흡수함으로써 생각지도 못한 행운을 얻게 된 운현이다.

'연구할 거리도 늘었고 말이지. 어쨌든 좋다. 당장은 연구가 문제가 아니지……'

늘어난 이 내공이라면 더 많은 환자를 치료하는 것이 가능할 것이다.

더 많은 환자를 치료할 수 있게 된다는 말은 달리 말하면 많은 이들을 살릴 수 있다는 것을 의미하는 터.

이보다 좋은 결과가 있을 리가 없었다.

더 이상은 많은 환자들이 발생하는 것에, 자신의 손길이 닿지 않는 곳에서 고통스러워 할 환자들을 걱정할 필요가 없었다.

황궁의 도움과 내공이 늘어난 자신의 힘이라면 분명 전보다 나은 결과를 얻을 터.

"시작해 보실까."

자소단을 흡수한 운현이 당당한 걸음으로 자신의 처소를 나섰다.

* * *

운현이 다가가자 몸 둘 바를 모르는 환자다.

얼굴에 초췌함이 가득한 가운데 운현에 대한 존경이 보이는 것을 보면 그에 대해 뭔가 들은 것이 분명했다.

"가, 감사합니다."

"당연한 겁니다. 그럼 잠시……."

"예."

운현이 장심에 손을 가져다 대고는 치료를 행한다.

진기도인을 쉼 없이 행해서인지 전보다 더욱 빨랐다. 기를 세밀하게 운용하는 것에 점차 도가 터 갈 정도다.

하기야 운현이 아니고서야 진기도인에 관한 이런 많은 경험을 한 자는 그리 많지 않을 것이다.

다른 이들이 감탄을 하는 가운데에서도 운현은 더욱 집중을 해 나갈 뿐이었다.

'역시 기란 많은 내공 가운데서 더 큰 효과를 내는 건가.'

내공의 양이 많아졌으니 이제 많은 실험을 해나가면서 기를 더 잘 파악하게 될 거라 생각한 운현이다.

허나 기라는 것이 알면 알수록, 연구를 더해 가면 할수록 궁금증을 더해가고 있었다.

하나를 알게 되었다 싶으면, 다른 하나가 나와서 더 큰 궁금증을 만들어갈 정도다.

지금의 진기도인만 해도 그랬다.

가진 바 내공의 양이 많아지니, 전보다 적은 양만 진기도인에 사용해도 환자를 치료할 수 있었다.

쉽게 말해 사 년 내공을 소모해서 치료해야 했던 환자가, 이제는 삼 년 내공만 이용해서 진기도인을 해도 치료가 된다.

내공의 효율성이 삼 할 정도 늘어난 것이다.

'내공의 양이 늘어나면 전반적으로 모든 일에 효율성이 높아지는 것인가? 엔진이 바뀌는 개념 같은 것인가……'

가진 바 기가 많아지면, 단전이 커지게 되고, 단전이 커지게 되면 단전의 효율이 더욱 높아지는 것인가?

치료를 하는 것은 좋으나 그 가운데에서도 여러 가지 의문이 쌓여가는 그였다.

그의 옆에 있던 황녀 또한 그를 걱정스러운 표정으로 보았다.

그녀는 호북성에서 역병이 끝날 때까지는 함께 할 생각인지, 형의문에서부터 계속 함께였다.

황궁 호위이자 내시인 영철도 처음에는 운현을 마음에 들어 하지 않는 듯했으나, 치료를 위한 운현의 행보를 보고 나서는 그런 일도 줄었다.

되려 동창의 다른 무사들에게 부탁까지 해가면서까지 운현의 치료법을 도울 정도였다.

덕분에 호북성의 많은 토사곽란 환자들이 동창 무인이나 동창의 지시를 받은 다른 무림인들의 점혈을 받고 약수를 마시고 있었다.

 운현의 손길이 닿지 않는 곳에서도 환자들의 치료가 일차적으로는 이뤄져 가고 있는 것이다.

 역병 진압에 관해서 확실히 성과를 쌓아가고 있는 운현의 표정이 어두우니 황녀로서는 걱정이 될 수밖에 없어 물었다.

 "무슨 걱정이 있는 것인가?"

 "아닙니다. 단지 의술에 고민이 생겨 그러한 것입니다."

 "고민이라?"

 궁금증이 많은 황녀다.

 또한 숨기는 것을 싫어하기도 하니 말을 하는 것이 편했다. 말하지 않으면 알 때까지 묘한 표정을 지으며 바라보는데 그게 그거 나름대로 곤욕이다.

 "예. 우연이 닿아 내공으로 치료를 하는 것은 아시겠지요."

 "이미 들어 알고 있다."

 "그에 대한 의문입니다."

 "그런가? 그것이 왜 의문인가. 정성이 하늘에 닿은 것이라면…… 그거대로 좋은 것이 아닌가?"

 "그도 그렇습니다. 허나 기 치료에 대해서 제대로 알

고…… 그 효용을 알게 되면 좀 더 많은 이들을 치료할 수 있지 않을까 생각하고 있었습니다."

"좋은 생각이구나. 흐음…… 허나 당장에 도와주고 싶으나 도울 방안이 없으니 안타깝기도 하구나."

"……신경 써주신다는 것만으로도 감사할 따름입니다."

"아니다. 내 언제고 기회가 된다면 그에 관련된 것을 구해다 주마."

"은혜에 영광일 따름이옵니다."

그녀가 구해다 주는 것은 황궁의 것일 터.

황궁의 것을 무엇 하나라도 얻게 된다면 분명 의술을 발전시키는 데 많은 도움을 얻을 수 있을 것이다.

왕 의원 외에는 다른 이를 의술 스승으로 모실 생각이 없는 운현으로서는 진정으로 고마운 황녀의 마음 씀씀이다.

그 마음이 전해진 것인지, 왠지 황녀가 새초롬한 표정을 짓는다.

"……어서 치료나 하거라."

괜히 저러는 것이다. 전에는 몰랐지만 의외로 부끄러움이 많은 그녀다.

'그런데 분명 얼마 전에 영철에게 듣기로는 평소에는 꽤 털털한 분이라고 들었는데 말이지. 도무지 종잡을 수 없는 사람이라니까.'

어쨌거나 좋다.

지금은 부끄러움 많은 황녀를 신경 쓸 때도, 기에 관한 궁금증을 풀 때도 아니잖은가.

지난 몇 달간의 고생 끝에 드디어 끝을 보여 가고 있는 역병에 대한 해결부터 신경 써야 할 때였다.

*   *   *

역병이 돌기 시작한 지난 몇 달.

많은 이들이 죽기도 하였으나 결국에는 역병을 잡아내는 데 성공했다.

그 과정에서 황궁의 사람에 더불어 성주까지 발 벗고 나서주었다.

운현이 만든 치료법을 거절하던 의원들도 감히 황궁의 지엄한 명을 거절할 수는 없으니 울며 겨자 먹기로 따를 수밖에 없던 터.

본디 역병이 돌게 되면 민심이 이반할 수밖에 없는 것이 보통이나 이번만큼은 달랐다.

아니, 황녀에 무림인, 관까지 나서 움직여 역병을 잡아낸 업적을 이룩했기에 다를 수밖에 없었다.

모두가 함께해서 역병이라는 어려움을 이겨낸 것이다. 그리고 그 중심에는 열일곱이라는 어린 나이인 운현이 있었다.

호북의 사람들은 그의 이름 석 자는 몰라도, 호기신의(湖奇神醫)라는 거창한 별호는 소문으로 알고 있을 정도다.

누군가는 호기신의의 기를 재주가 있는 기(技)라고도 하며 또 누군가는 기이하다고도 말을 하곤 한다.

그의 치료법이 중원의 상식에 있던 치료법은 아니기에 그러할 것이다.

무림인의 점혈법을 이용하여 역병 치료에 이용하는 방식은 누가 뭐래도 그가 처음이니 말이다.

어쨌든 중요한 것은 어린 나이에도 그의 명성이 올라가기 시작한다는 것에 있지 않겠는가.

황녀 또한 그의 활약을 정확히 알고 있는 터이기에 황궁에 따로 연통을 넣었을 정도이다.

지난날 그에게서 들은 그의 소원을 들어주기 위함이었다.

'그 같은 자가…… 관직에 뜻을 둔다면 오히려 좋았을 것을…… 이미 다른 곳에 뜻을 두었으니 어쩔 수 없겠지.'

운현에 대해서 아쉬워하면서도 흐뭇한 듯한 표정을 짓는 황녀는 어젯밤을 회상하고 있었다.

"무슨 일이신지요."

자신이 준 자소단 덕에 많은 내공을 얻었음에도 그날도

피곤함이 가득한 채로 들어 선 운현이었다.

일면 강건해 보이기까지 한 덩치를 가지고 있음에도 그는 언제나 피로가 가득했다.

이해는 갔다.

누구든 간에 그처럼 환자를 치료하는 데 매진한다면 고될 수밖에 없었다. 그는 이 호북에서 가장 열심히인 의원이자, 가장 큰 성과를 내고 있는 중심이었다.

"전에 약속한 바를 지키고자 불렀느니라."

"약속이라 하심은……."

그녀가 말한 약속을 잊은 것이 분명했다. 감히 황녀가 말한 것을 신민이 잊은 것이나 화가 나거나 하지는 않았다.

황녀인 자신을 신경 쓰기보다는 한 사람의 환자라도 더 고치려 노력하는 그라면 당연한 일이었다.

'동창에 듣기로…… 스승의 유언을 지키기 위해서 그리 열심히라지.'

거창한 이유 때문에 저리 애쓰는 것은 아니나, 그의 행동이 가져다주는 숭고함이 있지 않은가.

자신이 황녀이기는 하나, 한 명의 사람으로서 의원의 도리를 다하는 운현에게는 왠지 모를 경건함마저 들 정도였다.

"이 역병을 치료하는 데 공을 세운다면…… 그에 대한 상을 준다고 이야기를 했었느니라."

"아!"

"기억이 난 것이냐?"

"예. 났습니다. 하지만 저는 딱히 바라는 것이……."

거절을 하려던 그가 잠시 멈칫한다. 운현에게 집중을 하고 있던 그녀가 그것을 놓칠 리가 없었다.

애를 쓴 것을 보아왔기에 어지간한 일이라면 들어 줄 용의가 있는 황녀였다.

"바라는 것이 있느냐?"

"예. 작다면 작은…… 아니 꽤나 큰 소원일지도 모르겠습니다."

언제나 그러하듯 그는 황녀에게 조심스레 말했다. 아니 이번만큼은 평소보다 더욱 조심스러웠다.

"무엇이더냐?"

그의 답을 기다리면서도 황녀의 내심은 복잡했다.

설마 자소단이라도 하나 더 바라는 것인가?

역시 그도 다른 사람들과 같은 욕심을 부리는 것일까. 결국 그도 다른 황궁의 사람들과는 같은 것일까.

그녀의 내심에 여러 생각이 오고 간다. 그녀의 가슴속에 왠지 모를 작은 실망감이 들어서려는 찰나다.

"제가 감히 구휼에 끼어들어도 되겠사옵니까?"

"구휼 말이더냐?"

마무리가 되어 가다 103

"예. 구휼입니다."

"구휼이라……."

구휼(救恤).

나라에서 백성들이 흉년 등으로 곡식이 떨어지거나 역병이 돌아 상황이 어려워 졌을 때, 황궁에서 양민들을 구제하는 것이지 않은가.

'그런 구휼에 자신이 끼겠다니. 대체 무엇을 말하고 싶음인가…….'

아니 무엇을 말하기 그 이전에 자신의 상으로 구휼을 말함이라니. 언제나 그렇듯 알 수가 없는 사람이다.

또한 구휼에 관해서는 황녀조차도 생각하지 못한 바이기에 의문이 들 수밖에 없었음이다.

"황녀님께오서…… 이번 역병의 사태로 많은 고민이 있으심을 알고 있습니다."

"솔직히 그러하다."

"예. 역병을 잡는 데에 많은 힘을 쏟아주셨으나…… 한 번만 더 애를 써 주셨으면 합니다."

"그것이 구휼이더냐?"

"예. 구휼입니다. 역병이란…… 살아남은 이들에게 한 없이 가혹한 것입니다."

그가 그 어느 때보다 진지하게, 또한 지금까지 나눈 것 중

가장 긴 대화가 될 수 있을 정도로 길게 설명을 하였다.

역병이 되었기에 농사를 짓지 못한 자들이 얻을 피해. 상행위를 하지 않았기에 부족했을 물자.

부모를 잃거나, 자식을 잃었기에 가슴 아플 사람들에 대한 이야기까지.

열일곱이라 들은 그의 식견은 올해 열아홉이자 황궁의 교육을 받은 황녀보다도 깊은 그 무언가가 있었다.

"……해서 말씀드리옵니다. 그 모든 것을 구제하는 것은 힘드오나 손길이 닿는 곳마다 힘을 써주셨으면 하옵니다."

말을 끝내며, 예를 지키지 않고 황녀를 바라보는 운현의 눈에는 분명 진심이 담겨 있었다.

그는 정녕 자신의 공을 이용하여 상을 받고 싶어 하기보다는, 황궁에 있을 구휼을 걱정하는 눈빛이었다.

무엇을 들어 줄까, 무슨 상을 주어야 할까 여러 예상을 했던 황녀의 생각을 완전히 깨는 이야기였다.

자신의 예상이 완전히 빗나갔으나 황녀는 전혀 기분이 나쁘지 않았다. 되려 더 들어주고 싶을 정도였다.

"본 황녀가 노력을 함은 물론이고…… 황궁에 상신을 보내도록 하마."

"……망극하옵니다."

그렇기에 그녀는 약속을 했다.

그의 소원이자 상을 들어 주기 위해서, 진정 제국에서 가장 위에 위치한 황녀의 구휼이 시작 된 것이다.

*　　*　　*

황궁에서 응답이 오기 전에 먼저 성주부터 나섰다.

황녀가 오고, 역병이 발병한 것에 대한 화를 자신이 대신하여 화를 받아야 할 찰나에 역병이 사그라들었다.

신의라고 불리기 시작한 운현 덕분이었다.

허나 역병이 물러났다고 해서 모든 것이 끝나는 것은 아니었다. 역병이 도는 데에도 불구하고 성주로서 한 역할이 너무 없었다.

그러니 그는 그가 할 수 있는 것을 해야 했다. 때마침 황녀가 구휼에 대한 은근한 압박도 넣었었다.

그가 구휼에 나서지 않을 이유가 없었다.

"성주님이 배분하시는 쌀이니라. 이번 일로 고생한 이들을 위한 성주님의 인심이니라."

"가, 감사하옵니다!"

"오오…… 한시름을 놓았구나."

적당한 포장과 적당한 곡식. 나쁘지 않은 구휼이었다.

쌀을 나눠주면서 성주가 적당히 포장을 하는 것 정도야

황녀도 넘어가 주었다. 통치를 위해서 그 정도는 필요함을 이해한 것이다.

양민들은 감읍하고 또 감읍하는 가운데에서 생각지 못한 고생을 하는 이들도 분명 있었다.

"아픈 자들은 성주님이 동원한 의원들의 치료를 받도록 하거라. 다른 병이라고 하더라도 상관은 없다."

"예!"

"어이쿠……."

바로 의원들이다.

환자들을 치료하는 것. 평상시에 있던 작은 병조차도 치료를 해 주는 것. 쉽게 말해 의료 행위다.

이는 운현이 이야기를 해서 이뤄진 구휼이었다.

"이리 오시지요."

"신의님께서 치료해 주실 만한 병은 아닌데……."

"그런 게 어디 있겠습니까. 진맥부터 해 보지요."

"감사합니다."

운현 또한 먼저 나서 솔선수범을 했다.

이번 구휼을 기회로 돈이 없어 의원 한번 찾지를 않는 자들을 위해 봉사를 하는 것이기도 했다.

'많은 이들을 치료하고 힘쓰는 것이 스승님이 원하셨을 바일 것이다.'

스승의 유언.

명의.

단순히 주변으로부터 인정받는 명의가 명의는 아니다. 단순히 치료를 잘한다고 소문이 난 명의 또한 명의가 아니다.

구휼에 나서는 것은 그만의 기준, 그만이 생각하는 명의가 되기 위한 그만의 고집스러운 행동이기도 했다.

또한 운현은 환자들을 치료하면서도 주변에 있는 다른 의원들을 열심히 살피기도 했다.

"어이쿠…… 이거 죽겠구만."

환자를 피곤해하는 자.

"이렇게 많은 환자들을 언제 또……."

혹은 귀찮아하는 자들도 눈여겨보았다. 무슨 생각에서인지 아주 주의 깊게 보고 있을 정도였다.

"그래도 좋지 않은가."

특히 그중에서 가장 집중하는 자는, 진정 의원답게 행동하는 자들이었다.

많지는 않은 소수였지만 진정으로 환자를 위한 의원들이 분명 있었다. 운현은 그런 자들을 눈에 아로새기면서 머리에 박아 넣었다.

'기억해 놓으면 언젠가는 인연이 닿겠지…….'

무언가 생각해 놓은 바가 있기에 그리 한 것일 게다.

의원들은 때 아닌 고생을 하고, 구휼미(救恤米)가 돌기 시작한 덕분에 역병의 후유증을 조금씩 치료해갈 찰나.

북경으로까지 올라갔던 황녀의 상신에 대한 답이 왔다.

"황녀님의 뜻을 허한다고 말씀하셨습니다."

"알겠느니라."

그것은 황녀의 권한으로도 할 수 없는 일에 관한 허락의 의미이기도 했다.

황녀가 상신한 내용. 그것은 올해 역병이 돌게 된 호북성에서 올려야 할 세금을 변제해 주어 달라는 내용이었다.

아무리 중원에 많은 성이 있다고 하나, 한 성에서 올라오는 공물의 양은 상당한 터.

역병에 상관없이 무슨 일이 있던 받아가는 것이 공물이나, 황제는 황녀의 상신에 옳은 답을 해 주었다.

덕분에 호북으로서는 전에 없이 호재가 될 터다.

공물로 올라갈 물건들, 변제된 세금을 잘만 활용하면 호재가 되지 않을 수가 없었다.

더욱이 황녀는 일을 확실히 하기 위해서 성주에게 경고까지 해 두었을 정도다.

"분명 변제되어 얻은 모든 것은 백성들을 위해서 쓰여야 하네."

"당연한 이야기가 아니겠사옵니까."

"이번 일은 내 분명히 지켜보고 갈 것일세. 아니 저 멀리 황궁에 가서도 잊지 않고 주시를 할 것이야."

"믿고 맡겨주시지요."

혹여 성주가 욕심을 부리면 세금까지 변제를 했음에도 제대로 된 구휼이 되지 않을 수도 있었다.

구휼미를 나눠주고, 의원들을 부린 것만으로도 자칫 구휼이 끝날 수도 있는 것을 경고로 막은 것이다.

상황이 이렇게 되니 아무리 성주라고 하더라도 변제된 세금을 가지고 장난질은 칠 수 없을 것이다.

자연스레 변제 받은 세금은 양민들에게 혜택으로 돌아갈 터.

진정한 의미에서의 구휼이 제대로 이뤄져 가며, 역병에 몸살을 앓던 호북성은 점차 제자리를 찾고 있었다.

아니. 언제고 더 발전을 할지도 모를 일이었다.

양민과 무림인, 관이 조화 어린 삼박자를 이루어가며 역병을 이겨낸 곳이 또 어디에 있겠는가.

그때의 단합.

어려움을 이겨가던 그들의 경험이 계속해서 힘을 낸다면 호북은 분명 더욱 발전할 것이 분명했다.

第六章
주시를 받다

호북에는 구파일방 중 하나와 오대세가의 하나가 있다.

운현의 형이 둘이나 제자로 들어가 있는 무당파는 더 말할 이유도 없다.

한 대에 두 명이나 되는 자제가 제자로 들어가서인지 등산현 사람들의 입에 가장 많이 오르내리고 하는 곳이 무당이다. 그런 대단한 무당파와 어깨를 나란히 하는 곳이 있으니 그 이름하여 제갈세가다.

오직 오성(悟性)!

그 하나에 기대어 가문을 세웠으며, 제갈공명의 후예라고 말을 하는 자들.

그들은 기관진식에 능통함은 물론하고 무림에서는 온갖 전략을 짜는 책사로서 활약하는 자들이기도 했다.

진실로 제갈공명의 후예인지는 증명된 바가 없으나, 타고난 오성만큼은 그 어느 곳에도 뒤지지 않는 곳이다.

다만 육체는 타고나지 못하여 강호의 절대 고수를 만들어낸 역사는 몇 없는 것이 아쉬운 가문이다.

호사가들은 그들이 육체마저도 타고난다면 천하제일의 가문이 될 수도 있다 하는 곳이 바로 제갈가인 것이다.

위명이 드높은 제갈가이지만 이번 역병 사태에서는 달리 할 수 있는 일이 없었다.

그들이 만든 기관, 뛰어난 진이라고 하더라도 역병을 막을 수는 없었기 때문이다. 그나마 운현이 퍼트린 치료법이라도 있었기에 점혈을 해서 환자들을 돕기는 했다.

오대세가 중의 하나로서, 또한 정파의 대표를 표방하는 곳으로서 한 당연한 행위들이었다.

허나 중요한 것은 환자들의 치료가 아니다. 호북을 다스린다 하는 그들로서는 역병에 관련된 파장도 생각해야 했다.

"등산현 출신이라고 했는가?"

제갈가의 가주 제갈현이 지원당주를 맡고 있는 제갈민에게 묻고 있었다.

가주 또한 그의 뛰어난 오성을 이용하여 현 상황에 대해서 파악하기는 했다.

허나 지원당(知元幢)이 왜 존재하겠는가. 바로 지금을 위해서 있는 곳이 지원당이다. 그렇기에 묻는 것이다.

제갈민 또한 미리 결론을 내린 바가 있는 것인지, 그가 대답하는 데에 막힘이 있을 리가 없었다.

"예. 등산현 출신으로, 의술은 현에 있는 의원에게 배웠습니다. 삼형제 중 둘이 무당의 제자가 된 것은 특이하긴 하나 아주 대단한 일은 아닙니다."

"흐음…… 삼형제 중에 둘이 무당이라…… 자연 세가 올라가겠군."

호북에서 무당파의 입김은 셀 수밖에 없었다. 무당의 본거지이니 당연한 일이다.

게다가 밑으로는 사파의 영역인지라, 무림맹 입장에서도 무당파에 대한 지원은 항시 있는 일이었다.

당장 호북이 사파에 뚫리게 되면 사파가 득세하게 될 것은 뻔한 일이기 때문이다.

그런 무당에 두 명이 제자로 들어갔으니, 운현의 일이 아니었다손 치더라도 이통표국의 세는 자연 강해졌을 것이다.

그런데 여기에 더해 운현이 생각지도 못한 명성을 날렸다.

"세가 올라가는 것은 자연스레 예견된 일이었습니다. 허나 그중 막내가 그런 의술을 아니…… 그런 천재일 것이라고는 예상치 못한 일입니다."

"평소 주시는 하고 있었는가?"

"솔직히 주시할 만한 가치는 없었습니다. 아시잖습니까? 지원당이 주시하는 자는 그리 많지 않습니다."

지원당은 제갈가의 방향을 설정하는 곳이다. 어느 영역이든 제갈가와 관련이 있으면 전략을 세우는 곳이란 말이다.

전략을 세우기 위해서는 정보가 축적되어야 함은 당연한 일인 터. 자연스럽게 지원당은 제갈세가의 정보조직 또한 겸하고 있었다.

허나 정보 조직이라 해서 모든 것을 알 수는 없었다. 천하의 제갈가라 해도 한계가 있는 것이다.

솔직히 이번 일이 있기 전까지 운현은 제갈세가에서 별로 신경을 쓸 만한 이가 아니었다.

이통표국 자체가 그랬다. 무당의 제가가 되어 지역에서 세가 늘어나는 곳은 종종 생기곤 했었다.

그런 곳까지 제갈가가 모두 주시를 하기에는 그리 한가하지 만은 않았다.

"이해는 하네. 예상치도 못한 추(錐)였네."

"그렇습니다. 지역에서 인심을 얻는다는 보고까지는 있었으나…… 그런 신통한 방식의 치료법을 만들 줄 누가 알았겠습니까?"

"확실히…… 천재는 천재네. 어쨌든 좋네. 이미 벌어진 일이 아닌가?"

"그렇습니다. 이미 일어난 과거가 되었지요."

"주시하지 못한 것을 탓하기보단 대응부터 해야겠지. 어찌할 것인가?"

상황이 벌어졌으니 대응을 해야 했다.

상황을 보아하니 운현은 황녀와 인연을 쌓은 것은 물론이고, 성주에게도 얼굴 도장을 찍었다.

관과 깊숙이 인연을 쌓지 않는 것이 무림의 세가와 문파들이라고 하더라도 신경을 아주 안 쓸 수는 없었다.

그러니 여러 인연을 쌓은 운현에 대한 대응 방안을 지금 마련해야 했다.

"주시 대상에 올리는 것은 물론이고, 인연을 쌓아 두는 것은 어떻겠습니까?"

"인연이라?"

"예. 무당과 인연이 있는 가문이니 과한 방법은 어차피 사용하지 못하지 않겠습니까?"

과한 방법.

싹이 자라기 전에 밟아버리는 여러 방법들을 총칭한다. 이러한 방법은 제갈가라 해도 현재론 무리다.

"흐음…… 확실히. 무당에서도 이미 주시를 하고 있었을 걸세."

"그러니 좋은 인연을 쌓아 두는 것이 좋겠지요."

"어떤 방식을 생각하는가?"

"또래의 아이들과 자연스레 인연을 쌓을 수 있게 한다면 그것으로 좋을 테고…… 가문을 생각한다면 적당히 무사들을 보내는 것도 방법이지 않겠습니까?"

"무사라?"

"꼭 제갈세가의 무사일 필요는 없지 않겠습니까."

무당파가 호북에 있는 여러 중소문파와 깊은 유대를 나누고 있듯, 제갈세가 또한 많은 중소 문파들과 인연을 가지고 있다.

방계의 가문에서 만든 문파도 있으며, 어쩌다 연이 닿아 무공을 전수하게 된 문파도 제법 된다.

그러한 힘들을 바탕으로 오대세가에 들어간 것이기도 했다. 또한 이러한 힘들이 오대세가, 구파일방이라 하는 곳이 무서운 이유기도 했다.

지역이 더디든 인연이 있는 자들, 힘을 보태어 줄 자들이 있으니 그 힘을 무시할 수가 없는 것이다.

그러니 굳이 제갈세가의 직계 무사가 아니라고 하더라도 제갈세가에서 동원할 무사는 많았다.

"철의방(鐵衣房)의 무사들을 몇 보내게나."

"철의방이라…… 그들이라면 적당할 것 같습니다. 바로 진행하도록 하지요."

제갈세가에서 운현을 주시하기 시작했다.

본래부터 주시를 하던 자들은 자연스럽게 더욱 주시를 하기 시작했다.

무당만 하더라도 운현의 명성이 올라가기 시작하자 분산스레 움직이기 시작했다. 가장 빨리 반응한 곳은 자연 자소전이다.

자소전을 지키고 있는 진운 진인은 생각지도 못한 소식에 평소 하지도 않던 당황을 했을 정도였다.

운현의 재질이 아깝다는 것을 들어 알고 있었으나, 이 정도일 줄은 정녕 알지 못했던 그였다.

"그 아이를 무당에 데려왔다면 더 나았을지도 모르겠군요. 허허."

당황한 와중에도 아랫사람에게 하더라도 높임말로 존중을 하는 그다운 말투만은 여전했다.

"송구스럽사옵니다."

"아닙니다. 운인 도장을 탓하자고 하는 것이 아닙니다. 단지 인연이 닿지 않은 것뿐 아닙니까."

"예."

"그 아이가 무당에 들어 수련을 하고 있었다면…… 그런 명성이 생기지도 않았겠지요."

"그렇지 않을까 생각합니다. 제자를 보호하는 것은 문파에서 당연한 이야기이니…… 역병의 현장에 데려가지도 않았을 것입니다."

성년이 되기 이전까지는 오직 수련만을 받는 것이 당연했다. 속가제자만 되어도 그러할진대, 정식 제자가 되면 삼십이 돼서야 나오는 경우도 있을 정도다.

그러니 이번 역병 사태 때, 운현이 무당에 있었더라면 활약을 하지는 못했을 것이다.

"예. 그것이 무당의 방식이니 당연한 말이겠지요. 결국 인연이 없으면 어쩔 수 없는 것이겠지요. 하지만……."

"달리 다른 생각이 있으신 겁니까?"

"그 아이와 인연은 없다 하더라도, 그 형제들이 있지 않겠습니까? 그들의 수련은 어떻습니까?"

이명학과 이문환.

운현의 두 형들은 운인 도장의 밑에서 수련을 하고 있었다. 뒤늦게 오기는 했지만 둘째 이문환도 곧 정식 제자가 될 예정이긴 했다. 형 이상의 재능과 노력을 보이니 당연한 이야기였다.

그에 대해서 진운 진인이 묻는 것에는 무슨 이유가 있을 것이 분명했다.

운인 도장은 한 점의 과장도 보태지 않은 채로 말했다.

"재능은 중상에 노력은 상입니다."

"역시 노력 하나만큼은 타고난 자들이군요."

"예. 그들의 아버지가 어려서부터 혹독하게 가르쳤다고 들었습니다."

"흐음……."

잠시 생각에 잠기는 진운 진인이다. 그가 이럴 때면 무언가 중대한 결정을 내리곤 했다.

"솔직히 말해서 그들의 재능은 그리 높지 않습니다."

"예. 하지만 노력만큼은 알아주는 아이들입니다."

"그렇기에 정식제자로 들인 것이지요. 다른 하나 또한 들일 생각이었구요. 하지만…… 막내라는 아이의 활약을 듣고 보니 그 이상도 괜찮을 것 같습니다."

"설마…… 그 이상이라고 하심은……."

"예상하는 대로입니다."

정식 제자 이상으로 받아들인다고 하는 것이 무엇을 의미하는지는 운인 도장도 이미 알고 있었다.

그 또한 무당의 제자인데 모를 리가 없지 않은가.

무당에서 정식 제자 이상으로 받아들인다 함은 더욱 높은 상승의 무공을 가르치고 동시에 다음 대의 핵심이 될지 모를 후기지수로 대우를 한다는 소리다.

 속가에서 정식 제자가 되는 일 자체가 드문 일이 아니던가. 그런 상황에서 그들에게 상승 무공을 가르치기 시작한다는 것은 전례가 없던 일이 될 지도 몰랐다.

 "괜찮겠습니까? 다른 당의 반대가 심할 수도 있습니다."

 "이미 장문인과 이야기를 해 놓은 바입니다. 형제가 모두 같은 능력을 가졌다 말할 수는 없으나…… 가능성은 있지 않겠습니까?"

 "그 가능성에 거는 것입니까?"

 "그런 것입니다."

 "허나…… 무공이라 하는 것은 그리 쉽게 가르칠 수는 없는 것이지 않습니까?"

 일종의 도박이라고도 볼 수 있는 이야기다.

 명학과 문환. 둘 중 한 명은 언제고 때가 되면 이통 표국으로 돌아가게 되어 있었다.

 그것이 정식 제자가 되기 이전에 이통표국의 국주인 이후원과 한 약속이다. 그들은 자식의 성장을 바라면서도 동시에 가족으로서 같이 있기를 원했다.

 허니 무당에서 상승 무공을 가르친다고 하더라도 언젠가 둘 중 하나는 돌아가야 할 일이다.

 무당도 지금까지는 그것에 반대는 하지 않고 있었다.

그런데 상승무공을 가르치게 되면 이야기가 다르지 않는가?

아무리 무당에서 다음 대에 상승 무공을 가르치지 말라 금지를 한다손 치더라도, 어떻게든 전수가 될 것이다.

새로운 무공을 창안하든, 그게 아니면 이미 배운 상승 무공을 조금 변형하는 것으로 전수를 할 것이다.

그런 것을 뻔히 예상할 수 있기에 거대 문파에서는 상승의 무공을 가진 제자들을 쉽게 들이지 않는 것이다.

문파의 무공이 퍼지게 되면 그것은 곧 문파 힘의 하락으로 이어질 수도 있기 때문!

그런데 그런 도박과도 같은 일을 자소당의 당주인 진운진인이 직접 행하려고 하고 있었다.

"허허…… 어차피 그 가문은 언제고 명가가 될지 모를 곳입니다. 막내 아이를 생각하면 당연한 이야기가 아닙니까?"

"그건 그렇습니다만은……."

"무당이 상승 무공을 전하든, 전하지 않든 간에 명문이 될 가능성이 높은 곳이라면…… 이왕이면 인연을 쌓는 것이 좋지 않겠습니까?"

"아아…… 그런 것입니까."

명문이 될 곳이니 미리 무당의 싹을 더 틔워 놓자는 이야기다.

무당의 상승 무공이 이통표국에 중심이 되게 되면 이통표국은 명문이 된다고 하더라도 꼬리표가 붙게 된다.

무당의 무공을 배운 덕분에 명문이 되었다는 꼬리표!

별거 아닌 듯 보이지만, 그렇게 되면 다른 이들이 보기에 이통표국은 무당의 영향력 아래에 있는 표국으로 보이게 된다. 설사 표국을 그만두고 무가로서 거듭난다고 하더라도 그러한 꼬리표는 사라지지 않게 된다.

무당은…… 명학과 문환에게 상승 무공 하나를 건네어 줌으로서, 미래에 있을 명가 하나를 아래에 두게 되는 것이다.

그들의 입장에서는 남는 장사라고 밖에 할 수 없었다.

"허허…… 명가의 탄생을 그저 축하만을 하지 못하고…… 수작을 부리는 것은 알고 있습니다."

진운 진인이 조금은 부끄러운 듯한 표정을 짓는다. 그는 자신이 하는 일이 그리 떳떳하지 만은 않다고 생각하고 있는 듯했다.

하기야 대 무당파에서 명가로 발돋움할 곳을 미리부터 선점하려 하고 있는 상황이지 않은가.

순수한 의미에서 축하를 하는 것이 아닌, 자신들의 영향력을 행사하려 밑밥부터 깔고 있으니 수행자로서 할 일은 아니었다.

게다가 명학과 문환, 둘은 운인 도장의 제자다. 그러니 운인 도장에게 자세히 상황을 가르쳐 준 것일 게다.

운인 도장은 순수하지만은 않은 무당파의 행동에 왠지 모를 씁쓸함을 느끼기는 했지만 진운 진인을 위로할 수밖에 없었다.

"아닙니다. 어쩔 수 없는 것이 아니겠습니까? 무당을 위해서라면…… 그 정도는 해야겠지요."

"……운인 도장이 이해해줘서 감사할 뿐이오."

"제자들에게도 손해가 될 일은 아니니 괜찮습니다. 그들이 무당과의 인연으로 더욱 빠르게 명가가 된다면…… 그건 그것대로 좋은 일이겠지요."

"허허……."

어찌하겠는가. 수련을 위해서 모인 문파이기는 하나, 살아가는 곳은 중원이라는 현실이지 않은가.

무당의 입장에서는 달리 선택권이 없다고 밖에 이해를 해야 할 터. 어쨌거나 상황은 운현에게 그리 나쁘지만은 않게 돌아가고 있었다.

* * *

치료의 마무리를 하고 아직까지 이제야 집으로 돌아가고 있는 운현으로서는 돌아가는 상황을 파악치 못하고 있었다.

다만 가는 곳마다,

"아이구! 의원님 감사합니다. 감사합니다요!"

"덕분에 살았습니다."

점혈을 이용하여 새로운 치료법을 사용한 덕분에 목숨을 구제받은 자들의 칭송이 이어졌을 따름이다.

'이거 원…… 주목 받는 게 민망하군.'

운현으로서는 자신이 한 일이 얼마나 대단한지 자각이 별로 없는지라 왠지 모르게 칭송마저도 민망하게 느낄 뿐이었다. 수액이 없으니, 그를 대신하기 위한 임시방편으로 점혈을 이용했을 뿐이다.

선천진기가 항생제의 역할을 하듯 토사곽란의 진행 속도를 더디게 할 수 있다는 것은 우연이 낳은 발견일 따름이었다. 치료법들 자체가, 미리 생각해서 만들어 낸 것이라기보다는 형편과 능력이 닿는 대로 노력해서 얻은 성과였다.

다만 그것으로 많은 이들을 치료할 수 있으니 명의가 되겠다는 꿈에 한 발자국 다가서기는 했다 여겼을 뿐이다.

그런데 자기부터가 명의라고 자부를 하기 이전에 신의라는 명호부터 붙어버렸으니, 당황스럽기만 할 따름이었다.

"이거…… 다음부터는 얼굴이라도 가리고 다니거나 해야겠네요."

"하하. 그래도 알아볼 것입니다. 현재 호북에서 도련님을 모르는 사람이 어디 있겠습니까? 게다가 도련님이 풍채도 워낙 좋아야지요."

하기야, 운현은 자신만의 방식으로 몸을 키워 놓았다.

우락부락하지는 않되 근육으로 가득 채운 데다가, 스트레칭과 균형 잡힌 식사로 열일곱의 나이에 어지간한 성년 이상의 덩치를 자랑한다.

그런 덩치를 가지고 있으면서도 명의가 되겠다는 의념 때문인지 항시 의원의 옷을 입고 있었다.

일견 어려보이는 얼굴에, 큰 덩치 거기에 더해 의원의 옷까지. 그런 특징을 가진 자들이 중원이라 해서 얼마나 많겠는가?

사람들이 그를 알아보는 것도 당연하다면 당연한 일인 것이다.

"에휴…… 어찌 못 알아 보게 하는 방도가 없겠습니까?"

허나 운현으로서는 사람들의 집중이 좋지만은 않았으니 어쩌겠는가.

집에 가는 길 또한 사람들에 의해서 지체가 되니, 부모님에게 어서 인사를 드리고 기를 연구하고 싶은 그로서는 답답하기만 할 뿐이었다.

그런 그와는 다르게 고 표두는 얼굴에 웃음꽃이 피었다. 아무래도 운현이 이런 집중을 받는 것에 뿌듯함을 느끼는 듯했다.

"하하하. 마차를 구해도 소용이 없을 겁니다. 혹시 모르지요. 역용술이라도 구하면 될지도요."

"하아…… 당장에 그런 것을 구할 수 있을 리가 없잖아요."

"그러니 방법이 없다는 것이지요. 차라리 피할 수 없으면 즐기시지요. 어쩌겠습니까?"

"……앓느니 죽겠습니다. 어서 돌아가지요. 등산현에 가면 나아질지도요."

"후후. 과연 그럴지는 두고 보아야지요."

슬픈 예감은 왜 틀리지를 않겠는가. 운현에게는 안타깝게도 등산 현에 돌아가는 와중에도 계속해서 받던 관심이, 등산현에서는 더욱 큰 열광으로 다가왔다.

'아아…… 연예인이 느끼는 피곤함이 이런 건가…… 젠장.'

어쩌겠는가. 때로는 자신이 원치 않는 주변의 반응도 있는 것이 당연한 일이 아니겠는가.

아무래도 한동안은 극성팬을 가진 연예인처럼 숨어 살아야 할 팔자로 보이는 운현이었다.

第七章
준비를 하기로 하다

 운현이 떠났다고 해서 토사곽란이 완전히 등산현에서 물러난 것은 아니었다.

 물론 다른 곳에 비해 상황이 낫기는 했다.

 전염된 곳의 사람이 사용하던 물건을 소거하고, 확실하게 치우지 못한 오물들은 급한 대로 석회라도 구해서 덮는 것만으로도 효과가 있었다.

 후에는 운현이 더욱 정신을 차리고는, 천이라도 얼굴에 두르게 함으로서 마스크 효과를 내어 전염이 더욱 크게 번지는 것을 막았다.

 다들 무슨 의미로 석회를 오물에 덮는지도, 물건을 왜 소거하는지도 몰랐으나 운현의 말이니 따라줘서 다행이었다.

적어도 이곳 등산현에서 만큼은 운현이 아니더라도, 그의 아버지 이후원의 영향력이 크기에 가능한 조치들이었다.

위험 중에 보인 그만의 영향력은 평소 이후원의 덕망이 얼마나 컸는지를 볼 수 있는 대목이었다.

덕분에 등산현 내에서는 등산이가라고 불러야 하는 게 아닌가 하는 말도 나돌 정도였다.

등산이가가 된다면 가주가 될 이후원 또한 얼굴에 웃음꽃이 피었다.

이대로만 되어 간다면 당장에 명가로 거듭나지는 못해도 해가 갈수록 발전할 것은 분명했다.

"허허. 수고하였다."

"당연한 일을 했을 뿐입니다."

"언제나 이야기하지만 그러한 당연한 일을 하지 못하는 자들도 많다. 허허."

운현의 어깨를 두드려 주는 이후원이다. 그로서는 자신의 아들이 이렇게 장성(長成)해 가는 것이 기꺼운 듯했다.

"오느라 많이 수고했다. 그동안에 많은 고생을 하였고…… 그러니 먼저 가서 쉬거라. 너에게는 미안하나 이 아비는 남은 공무를 해야 할 듯하구나."

"아닙니다. 아버지 또한 할 일이 많으심을 압니다. 그럼 먼저 들어가 보겠습니다."

"그러려무나."

당장에 표국에 들어설 때만 하더라도 많은 이들이 표국을 찾는 것을 직접 눈으로 본 운현이다.

'하실 일이 많으시겠지.'

모르긴 몰라도 이번 일을 계기로 이통표국에 대한 사람들의 호감은 하늘을 찌르고 있을 터.

많은 이들이 찾는 건 당연한 일이었다.

게다가 부자는 모르고 있으나 운현의 명성으로 말미암아 그에게 잘 보일 자들도 슬슬 몰려들기 시작한 형편이다.

표국의 분위기는 성황(盛況) 정도가 아니라 축제라도 일어난 듯한 착각이라도 일 정도였다.

집무실을 나서고 보니 다행히도 아버지 이후원만큼 분주하지는 않은 어머니는 아들을 위해서 여러 가지를 준비를 하신 듯했다.

그녀로서도 오랜만에 실력을 발휘한 것인지 명절에서나 먹던 여러 것들이 식당을 가득 채우고 있었다.

"호호. 우리 현아 이것도 좀 먹어 보거라."

"예. 어머니. 이것부터 먹구요."

"호호. 그래. 그래."

운현을 위해서 준비를 한 것은 분명하였으나, 그 양은 열

명의 장정이 먹어도 남을 정도였다.

오랜만에 손을 크게 사용한 것이 분명한 어머니만의 밥상이었다. 그로서는 이 중원에서 십칠 년째 맞이하고 있는 정성스러운 밥상이기도 했다.

현대에나 지금이나 어머니가 해 주신 음식은 사람을 행복하게 하는 뭔가가 있었다.

'오랜만에 휴식인가…….'

한 끼를 위한 밥상이지만 마음이 따뜻해지는 그런 무언가가 깃들어 있는 것이다.

운현은 그런 따뜻함을 한껏 만끽하며 오랜만의 휴식을 즐길 수 있었다.

*   *   *

바둑을 두고 나면 복기를 한다.

패자에게는 쓰라릴 수도 있는 기억일 수 있으나, 또 누군가에게는 앞을 위한 밑거름을 쌓아가는 과정일 수도 있다.

굳이 바둑이 아니더라도 그러한 복기는 언제든 가능했다.

운현 또한 역병이라는 큰일을 겪으면서 얻었던 여러 가지 경험을 가지고 복기를 하고 있었다.

휴식의 와중에서도 앞으로를 위한 준비를 차분히 하고 있는 것이다.

"우선은 내공을 갈고 닦는 것을 의술만큼이나 집중해야겠지."

다른 내공 또한 치유에 관련된 기능이 강한지는 모르겠다. 하나 확실한 것은 선천진기가 항생제와 같은 효과를 보일 정도로 강한 치유력을 가지고 있다는 것이다.

이에 관해서 연구해야 할 거리들도 많기는 하다.

우선은 선천진기 자체가 과연 인체의 면역체계를 강화해서 치유를 하는 것인지, 항생제처럼 균 자체를 억제시키는 것인지도 파악해야 했다.

별거 아닌 차이 같지만, 이 둘의 차이에 의해서 할 수 있는 것과 할 수 없는 것이 갈리게 되니 중요한 일이었다.

'뭐 이거야…… 차분히 더 진행하면 될 일이겠지. 우선은 기 그 자체에 모르는 것이 너무 많다.'

황녀 주아민이 황궁에 있는 기에 관한 것을 구해다 준다 약조를 하였지만, 과연 그럴 수 있을지가 의문이다.

기에 관한 것을 연구를 하는 자들은 보통 무림인인 터.

황궁에 호위를 위한 무림 고수들이 없는 것은 아니지만, 그 수준이 그리 높은 자들은 없다 들었다.

그러니 그들에게서 얻는 것의 수준이 그리 높지 않을 수도 있었다.

"그래도 황궁은 황궁이니 희망은 걸어 봐야겠지."

기에 관한 끊임없는 수련과 연구.

그동안에도 해 온 것이지만 이제는 선천진기에 더욱 연구와 수련을 집중한다는 것으로 전보다 구체화되었다.

복기를 통한 첫 번째 목표다.

더 많은 내공, 기에 관한 더 많은 지식이 있다면 많은 환자들을 살릴 수 있게 될 것이 분명했다.

"다음은…… 준비인가."

역병 이전에 미리 준비해 놓았던 격리실은 꽤 효과를 보았다. 비록 구식이고 제대로 된 격리의 효과를 봤다고 하기는 힘드나, 그래도 효과가 전혀 없었던 것은 아니었다.

하지만 그렇다고 해서 이대로 모든 것을 두기에는 문제가 많았다. 보완해야 할 것이 산더미였다.

"격리실도 격리실이고…… 수술 도구에. 잘하면 링거라도 있었다면 좋았을 텐데……."

문제는 하나같이 당장 구하기에는 어려운 것들이란 것이다.

"그래도 완전히 불가능한 건 아닌 거 같긴 한데. 무림인들이 있으니까."

온갖 기괴한 무기들을 다 사용하는 자들이 무림인 아닌가.

그들을 상대하는 대장장이들의 도움을 받으면 수술 도구를 만들 수 있지 않을까 생각하는 운현이었다.

운현은 힘들기는 하나 할 수 있다는 믿음으로 만들어야 할 것들에 대해서 하나둘씩 적어 나가기 시작했다.

'수술용 칼, 절단 톱도 있어야겠고…… 증류기도 있어야겠군. 소독제를 만들 수 있을지…….'

차분히 앞을 향해 나아가는 그였다.

* * *

아들을 맞이하는 동안 잠시 숨을 돌렸던 이후원은 몰려드는 일에 다시금 몰두하고 있었다.

"이 건은 어떻게 됐는가?"

"가까운 거리기는 하지만…… 저희 표국이 한 조에 한 번의 표행이지 않습니까."

"그건 그러네만……."

안전제일.

어느 표국이나 그러하겠지만 이통표국에서는 안전제일을 가장 큰 목표로 삼고 있었다.

자연스레 표물을 안전하게 운반을 하기 위해서는 한 번에 많은 표사들을 필요로 했다. 당연한 이야기다.

그렇다 보니 한 번에 의뢰를 받을 수 있는 것도 네 개 정도로 제한된다. 자연 의뢰비용도 높은 편인 이통표국이다.

그래도 언제나 실패 없이 표행을 완료해 내곤 하였기에, 신용도만큼은 높았다. 지금까지는 그것만으로도 충분했을 정도다.

하지만 이제는 이야기가 달랐다. 의뢰가 쉼 없이 몰려들고 있었다. 전에 없던 호재를 맞게 된 것이다.

"문운파와는 어찌, 이야기가 잘 되었는가?"

"아시잖습니까? 그곳도 갑작스레 문파원이 되겠다는 지원자가 늘었는지라 무리입니다."

"허어…… 그것도 그렇겠군."

이번 역병 사태 때, 문운파는 이통표국과 더불어 가장 분주히 움직였던 자들이다.

자연 그들에게도 사람들의 시선이 좋게 쏠린 터. 그들 또한 새로 들어오는 문파원들을 선별하느라 쾌재를 부르고 있다 들은 국주다.

혹시나 해서 물어보았으나, 역시나 그쪽도 자신들을 도와줄 상황이 아니다.

"그래도 일단 연통은 넣어 보도록 하고…… 아무래도 당분간 사람을 좀 뽑아야겠구먼."

"그리 하시는 것이 좋다 생각합니다. 슬슬 크기를 키울 때가 되기는 했지요."

"허허. 운현이 덕분에 생각보다 빠르게 확장을 하는 것이 겠지. 어쨌거나 좋네. 당장 방을 붙이도록 하게나."

"예!"

표두와 표사를 늘리면 한 번에 많은 표물을 받을 수 있게 될 것이다. 그리 되면 잠시지만 한숨 돌릴 수 있을 터.

표두와 표사의 질도 따져보아야 하고, 제대로 뽑기 위해서는 따져보아야 하는 것이 많았으나 일단은 상황이 되는 대로 움직여야 했다.

"그리고 다음으로는……"

"아무래도 다음 업무는 잠시 미루셔야 하지 않겠습니까? 신시가 다 지나고 있습니다."

유시(17~19시)에는 등산현의 현령과 만나기로 한 국주였다. 미리 약속이 있던 것을 고 표두가 말해 준 것이다.

"어이쿠. 내 정신도 참…… 날이 갈수록 정신이 없어지는 구먼. 고맙네."

"아닙니다. 상황이 상황 아니십니까? 저마저도 여기 오자마자 업무에 치일 줄을 몰랐습니다."

"허허. 어쩌겠는가. 총관도 새로 수배하고 있으니 얼마 뒤면 상황이 좋아질 것일세. 그럼 먼저 움직여 보겠으이."

"잘 다녀오시지요."

공사가 다망한 국주였다.

"허허. 왔는가?"

현령은 전에 없이 현청 입구에서부터 나와서 국주 이후원을 맞이하고 있었다.

현령의 입장에선 이제 국주가 단순히 지역 유지 정도가 아니었다. 떠오르는 별이자, 잘 보여야 하는 인물이 되었다.

역병 치료에 황궁과의 인연에 더해서 성주가 잘 봐주라는 말까지 하였으니 현령의 입장에서는 당연한 이야기다.

"어이쿠. 이거…… 미리 기다리시고 계실 줄은 몰랐습니다. 제가 조금 더 일찍 올 것을 송구스럽습니다."

이후원은 자신의 현 상황에 대한 자각이 없는 건지, 본디부터 몸에 예의가 배어서인지는 몰라도 여전했다.

여전히 고개를 숙일 줄을 알았고, 예를 지킬 줄을 알았다. 상황이 자신에게 좋게 돌아감에도 사람이 변하지 않은 것이다.

"하하. 국주가 공사가 다망한 것은 누구나 알지 않는가? 얼른 들지. 내 좀 이르지만 저녁을 미리 준비해 놓았다네."

"환대에 감사합니다. 그럼 어서 들어가지요."

좋구나.

얼마 차이로 달라진 현령의 태도에 왠지 모를 격세지감을 느끼며 안으로 들어서는 이후원이었다.

식비에 많은 돈을 지출하는 미식가로 소문난 현령답게, 그 안에는 이후원으로서도 먹어보지 못한 여러 음식들이 놓여 있었다.

딱 봐도 현령이 많이 신경을 쓴 것이 티가 났다.

"어서 들게나. 허허."

"감사히 먹겠습니다."

달그락거리는 소리를 내며 식사를 얼마나 했을까?

현령이야 미식가 기질이 있어 산해진미를 즐기고 있다지만, 이후원으로서는 공사가 다망했다.

당장에 식사를 즐기는 것도 좋았지만 아직까지도 남은 업무가 많은지라 어서 일을 보아야 했다.

이후원이 현령에게 조심스레 물었다.

"오늘 부르신 이유가 무엇인지요?"

"허허. 성주님에게서 연통과 함께·여러 예물이 들어왔다네."

"예물이요?"

이게 무슨 말인가. 얼마 전까지만 해도 현령 하나 상대하기를 조심스레 상대했던 국주다.

그런데 갑자기 현령도 아니라 그 위의 성주가 연통과 함께 예물을 들고 왔다니?

황녀가 운현을 보고 호감을 가지게 된 것을 자세히 알지 못하는 국주로서는 당황스럽지 않을 수가 없었다.

"그러네. 내 서찰의 내용을 자세히 읽어보지는 못하여 연유는 모르겠네."

"아. 그럼 서찰부터 잠시 봐도 되겠습니까?"

"당연한 이야기 아니겠는가. 예물은 내 하인들에게 챙기라 해두었으니 너무 조바심 내지는 말게나."

"여부가 있겠습니까."

전 같았더라면 인사치레라고 말하고 실제로는 뇌물을 바랄 현령이다. 허나 지금은 그런 기색이 전혀 없었다.

'성주를 신경 쓰는 거겠지.'

국주도 그 정도 눈치는 있었기에, 인사치레라고 할 것도 없이 현령이 건네어준 서찰부터 읽어 보았다.

그 내용을 보아하니 이후원으로서는 생각지도 못한 이의 부탁으로 큰 득을 얻게 된 상황이었다.

"허허……."

현령을 앞에 두고도 헛웃음이 나올 정도의 혜택들과 예물들이었다.

"무슨 내용이던가?"

현령이 못내 궁금하였는지, 은근히 물어왔다.

딱히 비밀이라고 할 것도 없는 데다가 어차피 현령도 알아야 할 내용이었기에 이후원은 설명을 해 줬다.

"저희 표국에 향후 십오 년간 면세를 해 주신다고 하시는군요."

"허어…… 십오 년이나 말인가?"

"예. 성주님이 직접 말씀해 주셨습니다. 여기에 더해 포물(布物)을 담당하는 권한과 함께 등산현에서 올리는 공물은 저희 표국에서 책임지라 하셨습니다."

포물.

기껏해야 천이라고 생각할지 모르지만 이 포물을 나른 다는 것은 생각 이상으로 큰 의미가 있었다.

보통 공물이라고 하는 것의 대다수가 포물을 통해서 이루어지는 형편이니, 포물을 다룬다는 것만으로도 많은 이득을 얻게 된다.

공물이 올라가는 시기만 잘 조절하면 포물을 가지고 쏠쏠한 이득을 올릴 수 있을 정도다.

여기에 더해서 성주는 공물 자체도 이통표국에서 책임지라 말했다.

포물은 포물대로 유통을 시키면서 이득을 보아도 되며, 또 공물까지 표행으로 운반하면서 득을 보라는 이야기다.

"그것이…… 정말인가?"

"예. 후에 전령이 오기는 하겠지만 서찰로 먼저 알려주셨다 하시는군요. 확인해 보시지요."

막대한 이득을 챙길 수 있는 방안을 마련하여 주고는 세금까지 면세를 시켜 준 상황에 현령은 씁쓸한 표정을 감추지 못했다.

매년 공물을 운반하는 표국을 뽑는 것을 가지고 꽤나 많은 인사치레를 받았던 현령이다. 일종의 부수입인 터.

그런 부수입이 이제는 완전히 사라져 버렸다. 성주가 직접 행하라 시킨 것이니 빼도 박도 못하게 된다.

게다가 이통표국은 그 나름 많은 세금을 내던 표국이다. 현의 살림을 일정 부분을 책임지던 곳이란 소리다.

그런 이통표국에 면세 혜택을 주었으니 그야말로 어마어마한 혜택이다. 현령으로서는 입이 아주 쓸 수밖에 없었다.

'허허…… 좋기는 하구나…….'

그동안 나름 현령에게 당한 바가 없지는 않은지라, 국주로서는 아주 좋을 상황이었다.

상황을 보아하니 성주의 기에 눌려 앞으로는 현령이 이통표국을 괜히 건드리지도 못할 것이다. 매년 하던 인사치레라는 것을 하지 않아도 된다는 뜻이다.

"크흠……."

"허허. 성주님께서 아주 좋게 봐주신 것 같습니다."

"크흠…… 그런 것 같으이. 그러고 보니 일이 많다고 하지 않았던가. 이곳의 일은 다 본 것 같으니 그만 들어가 보게나."

"예. 그럼 다음에 뵙겠습니다."

명백한 축객령이다. 허나 국주로서는 전혀 기분 나쁠 것이 없었다. 그에게 들어온 예물에 관해서도 알아봐야 하니 오히려 고마울 뿐이었다.

현령의 하인이 챙겨주었다는 예물들은 그 크기만 하더라도 마차로 하나는 되었다.

얼핏 살펴봐도 귀중한 비단들에서부터 표국에 도움이 될 무기들도 꽤 실려 있었다. 거기에 꼼꼼하게도 여인네들이 좋아하는 화장품, 가락지까지 있었다.

'누가 봐도 제대로 신경을 썼구나······.'

선물 한 번이기는 하지만 무엇을 선물했느냐에 따라서 많은 부분을 생각할 수밖에 없었다.

단순히 표국에 관련된 물건만이 아니라, 국주의 부인이 쓸 만한 것들까지 챙겨주었다는 것은 국주의 체면도 생각해 주었다는 소리다.

안으로 들어서자 국주가 현청에서 무슨 일을 하고 왔을지 궁금했던 운현의 어머니가 표국 앞부터 나와 있었다.

처음에는 남편인 국주를 반기던 어머니가, 뒤에 따라오는 마차를 보고서는 궁금증을 감추지 않고 물었다.

"이게 다 무엇이래요?"

현청에 다녀 올 때면 작은 근심 하나씩은 가지고 오던 국주다. 이곳 현령은 탐관오리 정도의 수준은 아니더라도, 적당한 뇌물을 원하던 인사가 아니었던가.

때문에 지역 유지 정도 되는 국주로서는 한번 현령에 갔다 올 때마다 현령에게 챙겨줄 돈이 필요했었다.

그것이 때로는 근심이 되기도 했다.

헌데 이번에는 근심을 안고 오기는커녕 마차 하나 되는 무언가를 가득 안고 돌아왔다. 전에 없던 일이니 운현의 어머니도 놀랄 수밖에 없었다.

"허허. 성주님께서 보내주신 거라고 하시더군."

"성주님이요? 호북성의 성주님이요?"

"그런 것 같네. 가서 할 이야기가 많네. 하인들에게 예물을 풀어보고 목록을 만들라고 하게나. 자세한 건 내 공무를 정리하고 이야기 하겠네."

"예! 호호. 무슨 이유에서인지는 몰라도 좋기는 하네요. 이런 것도 다 보구요."

근심을 가져오기는커녕 예물을 가져왔으니 기분이 어찌 안 좋을까. 운현의 어머니의 입에는 어느새 웃음꽃이 피어 있었다.

이후원 또한 부인에 대한 애정이 워낙에 애틋한지라, 그런 부인의 웃음꽃이 싫지만은 않았다.

"허허…… 그런가?"

"당연한 이야기 아니겠어요? 어서 들어가 보셔요. 가서 정리할 테니까요."

하인들을 데리고 종종 걸음으로 예물들을 관리하러 가는 운현의 어머니였다.

그녀가 직접 감시를 할 태세인 것을 보아하니, 하인들이 중간에 예물을 빼돌리거나 하지는 못할 것이다.

"어머…… 이런 귀한 걸! 이건 집안 창고에 가져다 놓도록 해요. 음…… 이건 덩치가 크니 표국 창고가 좋겠네."

"예!"

역병의 환자 중에서는 하인들이나 하인들의 가족들도 있던 터. 그들 모두가 운현에게 치료를 받았었다.

근래에 들어서 자연스럽게 표국에 충성도가 꽤나 높아진 하인들이다.

그들은 표국에 온 예물이 자신들의 것이라도 되는 듯 기분 좋은 얼굴을 하고는 운현 어머니의 지시를 듣고 있었다.

"허허…… 일이 잘 풀려나가고 있구나. 생각지도 못한 호재가 되었어."

그동안 국주가 표국을 크게 키우고, 가문을 명가로 만들기 위해서 얼마나 많은 노력을 했던가.

귀찮은 현령의 비위를 맞추면서, 안전하게 표행을 하기 위해서 많은 노력을 기울였던 나날들이었다.

그리해도 언제쯤 표국을 확장하고, 가문이 명가가 될까 싶어 작은 불안을 항시 안고 살았던 국주였다.

그런데 역병이 돌기 시작한 것이 호재가 되었을 줄이야.

표국의 많은 사람들이 역병으로 고생을 하고, 사람들이 죽은 것은 여전히 안타깝기는 했다.

허나 지금 이뤄지는 모든 일들은 그 무서운 역병을 이겨내는 데 온갖 힘을 쓰고 받은 보상이 아니던가.

기분이 나쁠 수가 없는 국주였다.

'이대로라면…… 나의 대에서 명가가 될 수 있지 않겠는가. 허허……'

아직 부족한 것도 많았다. 해야 할 것도 많았으며, 신경 써야 할 것은 더더욱 많았다.

하지만 희망이 있지 않은가? 좀 더 나은 가문, 좀 더 큰 표국이 될 수 있다는 희망이!

그 희망을 안고서 더욱 바삐 움직이기 시작하는 국주였다.

第八章
의중을 묻다

"허허……."

 윗사람들의 통은 역시 클 수밖에 없는가. 자신의 손에 주어진 목록을 보고는 헛웃음만 나오는 국주였다.

 비단, 화장품 같은 것들은 부인에게 전부 주어도 상관이 없었다. 욕심이 많은 부인은 아니니 표국에 있는 다른 여인들과도 잘 나눠 쓸 것이다.

 그런 사치품들이야 본래부터 신경도 쓰지 않던 국주다.

 그런데 문제는 그런 것 외에 것들이 문제다. 아니 다른 걸 다 떠나 상자 하나가 문제다.

 "이게 말이 되는가…… 허어……."

작은 상자다. 분명 크지만은 않다. 하지만 무게가 꽤 나갔었다.

상자가 귀해 보이니, 그 안에 들어 있는 것 또한 귀한 것이겠거니 했다. 해서 하인들보고 자신의 집무실로 가져오라 했던 국주다.

나중에 잘 활용하려는 의중을 가지고 했던 행동이다. 그런데 그 안에 들어 있었던 것은.

"전부 금원보라니……."

금원보였다. 금원보가 상자에 못해도 족히 100개가 들어 있었다. 금원보로 100개라니!

금원보 하나가 금자로만 50냥이다.

금자가 50냥이면 은자로는 천 냥이다!

더도 말고 덜도 말고 무려 천 냥인 것이다.

금원보를 바라보는 국주의 머리는 빠르게 돌아가기 시작했다. 표국도 상업이라면 상업이니 돈 계산이 느릴 리가 없었다.

"공물로 받치는 비단 한 필에 보통 은자 한 냥이었지……허허."

표국에서 일하는 표사들이 받는 금액이 수당을 다 합쳐서 은자 반 냥 정도다. 이것을 쌀로 환산하면 쌀로 2—3가마는 나온다.

그 쌀로 가족이 한 달을 먹고도 조금 남아서 생활비로 하는 형편이다. 이걸로도 가난하다는 소리는 듣지 않는다.

되려 유복하다.

은자 반 냥 정도의 생활비로도 어지간한 양민들보다 유복한 삶을 살 수 있는 게 보통이라 이 말이다.

그런데 그런 은자 천 냥씩은 되는 금원보가 무려 백 개가 넘는다니!

'금자로만 해도 5000냥은 넘지 않는가.'

이통표국에서 이뤄진 큰 표국이라고 하더라도 금자 한두 냥짜리 의뢰가 대부분이다. 그 이상을 넘는 큰 거래 자체는 위험을 생각하여 피해 왔던 터다.

덕분에 80명의 표사들에게 한 달 월봉으로 은자 반냥씩을 해서 사십 냥을 주고, 표두들에게 은자 닷 냥씩을 주면 남는 돈은 얼마 되지 않았다.

게다가 하인들에 표국에 잡일꾼으로 나서는 쟁자수까지 돈을 챙겨줘야 하지 않는가.

월봉으로만 해도 은자로만 60냥이 넘게 나가게 되는 터라 많이 남으려야 남을 수가 없었다.

연 수익에서 지출을 빼고 일 년에 금자 이삼십 냥 정도씩을 겨우 모았던 이통표국이다. 그마저도 현령에게 인사치레를 좀 하면 얼마 안 남았다.

"허허…… 그걸로도 충분히 만족을 해 왔거늘……."

그래도 나름 탄탄하게 표국을 운영해 간다고 자부하며 살아왔던 터.

그런 국주에게 금자로만 5천 냥이 주어지니 멍할 수밖에.

"못해도 백 년인가……."

표국의 수익으로만 해도 100년 정도의 수익이 생겨 버렸다.

표국 자체가 그리 크지 않은 중소규모의 표국이었다고 하더라도 확실히 어마어마한 돈이었다.

성주라는 자도 어지간히 무리를 했거나, 다른 곳에서 돈을 받은 것이 분명했다. 어쨌든 어마어마한 돈이다.

큰돈이 들어오게 되니 가슴부터 떨리는 국주다.

'이걸 내가 잘 꾸릴 수 있을 것인가…….'

담이 작은 것도 아니고, 국주로서 능력이 모자란 것도 아니었으나 평생에 이런 돈을 만질 수 있을 거라곤 생각지 못했다.

아들들이 장성하여, 그 손주도 같이 표국을 키우게 되면 그때서야 그럭저럭 이름이 날리는 표국이 되지 않겠는가 여겼다.

헌데 덜컥 이런 돈이 들어오게 되니 탐욕에 물들어 욕심이 나기 이전에 겁부터 나는 그였다.

"어찌해야 한단 말인가. 흐음……."

하기야 세상에 위험한 것들이 오죽 많은가.

당장에 이 상자에 금원보가 가득 찼다는 소식이 돌게 되면 표국이 도둑들로 문전성시를 이룰 것이다.

'믿을 만한 자와 상의를 해야 한다. 품고 있기보다는 위험을 없애는 것이 낫겠지.'

안전제일. 그리고 그와 함께 항시 생각하는 인의(人義).

비록 학문을 깊게 수학한 것은 아니나 정신만은 올곧으며 도리를 아는 국주이기에 탐욕보다는 다른 선택을 택했다.

'이 모든 호재가 운현으로부터 나왔다 할 수 있으니…… 그래. 운현을 불러야겠군.'

나이는 어리나 자신의 복이자, 가장 자랑스러운 아들 중에 하나라 할 수 있는 운현을 부르는 국주였다.

* * *

국주의 집무실은 언제나 그러하듯 정갈했다. 그의 소박한 성품을 대변하는 것이리라.

그와 더불어 국주 자신을 위하기보다는 가문과 표국을 위한 마음 또한 표현된 집무실이기도 했다.

"왔느냐."

"예. 부르셨다 들었습니다."

그런 정갈함 가운데에서 어울리지 않게도 국주의 안색은 그리 좋지 못하였다. 그를 놓칠 운현이 아니기에 가만히 국주를 바라보며 물었다.

"헌데 무슨 근심이라도 있으신 겁니까?"

"허허…… 복이라 해야 할지 화라 해야 할지를 모르겠구나. 이걸 보거라."

국주가 자신의 앞에 놓여 있던 고급스러운 상자를 내밀었다.

운현으로서도 단 한 번 밖에 보지 못했던 금원보가 상자 가득 채워져 있었다.

"……금원보군요."

"허허. 그래. 예물로 온다는 것에 이런 것이 들어 있을 줄은 몰랐다."

"황녀님의 성화에 못 이겨 성주께서 챙겨주셨을 것이 분명합니다. 이번 사건을 좋게 보셨으니까요."

"황녀님께서 만족하신 것은 좋다. 하지만…… 감당하지 못할 정도의 돈이구나."

감당하지 못할 돈이라.

'과연 그럴까…… 흐음…….'

금원보를 무시하는 것은 아니다. 현대에나 지금이나 돈은 중요하다는 것을 이미 알고 있는 운현이다.

 허나 큰 금액이라고 해서 감당치 못한다 생각하는 것은 아니라 생각했다.

 이 돈을 가지고 자신의 아버지가 졸부 같은 행동을 하였다면 모를까, 그도 아니지 않는가.

 자신을 부른 것부터가 무언가 의중이 있기에 그러한 것일 게다.

 "저 외에는 다른 이는 모르겠지요?"
 "그러하다."
 "이 돈을 어찌 쓸지를 생각하고 싶으신 거구요?"
 "그 또한 맞다. 그래. 어디에 어떻게 사용해야 한다고 보느냐."
 "흐음……."

 큰돈이다. 자신이 말한 대로 모든 것을 시행할 아버지는 아니겠으나 분명 참고는 하실 것이다.

 여기서 잘 이야기를 해야 했다. 좋은 방향으로 돈을 사용해야 했다.

 황녀나 성주는 선의로 주었을 돈일지 모르나, 잘못 사용하게 되면 되려 화가 될 수 있었다.

 "첫째로, 이 돈 중 오분지 일은 보관을 해야 한다 생각합니다. 앞으로의 일이 어찌 될지는 모르는 일이니까요."

"옳다. 본래부터 가문의 돈 일부는 계속해서 보관을 해두었으니 천 냥은 그리하도록 하겠다."

보관이 어려울 것은 없었다. 이런 큰돈을 가졌다는 것을 많은 이들이 알고 있는 것은 아니잖는가.

'금원보 이십 개 정도는 어찌 보관 할 수 있을 것이다.'

앞으로 있을 혹시 모를 상황에 대비를 하는데 돈을 사용하였으면 나머지는 옳게 쓰는 게 맞았다.

"그리하면 남은 것은 오분지 사 정도로군요."

"분명 큰 금액이다."

자기 자신에게 되뇌이듯 말하는 국주다. 내색을 안 하려고는 해도 긴장한 기색이 역력했다.

"자고로 돈은 순환이 되어야 한다 했습니다."

"돈이 순환을 한다?"

"예. 돈은 보관할 때 가치가 있는 게 아닌, 사용이 되었을 때 가치가 있다는 것입니다."

"왜 그렇다 생각하느냐?"

"보관을 하면 그것으로 끝이나…… 투자를 하면 그 이상을 거둘 수 있기 때문입니다."

단순한 이야기이기 때문일까. 국주가 다시금 물어 온다.

"네 말도 옳다. 허나 투자를 한다 해서 무조건 성공하는 것은 아니지 않느냐?"

"예. 하지만 그리해서 나쁠 것은 없습니다. 어차피 그대로 둔다면 화가 될 돈입니다."

"화가 된다라…… 그 말은 맞다. 허나 잘못 사용해도 화가 되는 것이다."

돈은 어떻게 하든 화를 부를 때가 있다. 그걸 염려하여 운현을 찾은 것이 아니던가.

국주는 그 이상의 답을 원했다.

"예. 맞습니다. 그렇기에 투자처를 잘 골라야 한다 생각합니다."

"무엇을 투자하는 것이 맞다 생각하느냐?"

"처음으로 다시 돌아가죠. 첫째로 중요한 것은 가족이니, 오분지 일을 보관했습니다. 가족을 위함이었지요."

어느 순간부터 대화는 국주의 자식 교육을 겸하고 있었다.

"그럼 둘째는?"

"표국입니다. 표두와 표사를 모으기 위한 방을 썼다 들었습니다. 허나 그리하면 주변 현에 있는 무사들 정도나 겨우 모으겠지요."

"분명 그럴 것이다."

표국에서 표사들을 모아봐야 주변의 현에서 오는 몇 명뿐이다. 무림대회를 열 듯 크게 여는 것도 아니니 당연한 이야기다.

 '규모를 키우는 것도 나쁘지 않겠지. 어차피 자금도 생겼으니까. 자연스레 무사들도 필요하고.'

 운현은 판을 키우기를 원했다.

 "그러니 하오문과 개방에 의뢰를 했으면 합니다."

 "의뢰라? 표사들을 모으는 데 개방과 하오문의 의뢰를 할 필요가 있겠느냐?"

 "예. 저희가 소식을 전할 수는 없으니 그들을 이용하는 것이지요. 호북, 안휘, 하남, 섬서성에 표사들을 구한다고 방을 크게 쓰면 많은 이들이 모이게 될 것입니다."

 중원 전체를 할 수는 없다.

 그것은 무림맹 정도나 되어야 할 수 있는 일이다. 허나 성 주변에 의뢰를 하는 것 정도는 가능하다.

 "주변의 모든 성을 아우르는 것이구나. 그렇다 해도 꽤 돈이 들겠구나."

 "예. 그들이 받는 의뢰비는 액수가 크다 들었습니다. 못해도 금자로 백 냥 정도는 들 것입니다."

 "옳다. 분명 그 정도는 될 것이다."

 "예. 그리되면 많은 낭인들과 무사들을 표사 혹은 표두로 받아들일 수 있을 겁니다. 여기에 한 가지 더 의뢰를 해야 합니다."

단순히 사람만 많아서야 소용이 없다. 사람 중에서도 제대로 된 옥성을 골라야 했다.

허나 아직 표국이 작으니 그런 일을 자체적으로 할 수는 없는 터. 그러니 의뢰를 해야 한다.

"한 가지 더?"

"예. 방을 보고 찾아 온 무사들의 정보를 구하라 의뢰를 해야 합니다. 바로 인성을 볼 수 없으니 정보로 대신하는 것입니다."

"호오…… 액수가 보통이 아닐지도 모른다."

"대신에 제대로 된 사람을 구하겠지요. 표국이 돌아가는 것은 표사와 표두들 덕분이니…… 제대로 된 사람을 구한다는 것은 곧 제대로 된 투자가 이뤄지는 것이겠지요."

"허허…… 사람에 투자를 하는 것이라. 묘수로구나!"

"게다가 제대로 된 자들을 대우를 하려면 꽤 많은 돈이 들 겁니다."

"그럴 것이다."

운현의 이야기는 국주가 상상한 것 이상으로 규모가 컸다. 게다가 다른 표국에서는 생각지도 못한 방법들이기도 했다.

허나 현대에서 자라온 운현으로서는 이게 당연한 일이었다.

병원에서 사람 하나를 뽑아도 이력서를 받지 않는가. 게다가 병원 규모가 좀 커지면 채용을 대행하는 회사를 이용하기도 한다.

병원 인력으로 제대로 된 사람을 전부 골라낼 수가 없으니, 그를 대신하여 다른 곳에 맡기는 것이다.

'중원에는 그런 곳이 없으니 개방하고 하오문을 쓰는 게 맞겠지.'

그런 기업이 있으면 좋겠지만, 없으니 이 대신 잇몸이다. 정보로 먹고사는 그들이라면 잘해 줄 것이다.

"여기서 끝이 나면 안 됩니다. 단지 사람만 구해서는 거대 표국이 될 수 없을 겁니다."

"그것은 왜 그러느냐?"

"다른 거대 표국들을 보십시오. 그들이 제대로 된 표국인 이유는 그들만의 무공을 가지고 있기 때문입니다."

거대 표국은 곧 문파이기도 하다. 아니 문파가 아니라고 하더라도 다른 어떤 문파와 연(緣)이 있었다.

그 연을 바탕으로 자체적으로 무사들을 수급할 수 있으니 거대 표국이 될 수 있는 것이다.

허나 운현의 표국은 그런 것이 없다.

가전 무공의 수준이 낮은 것은 아니지만 그렇다 해서 다른 이들을 가르쳐 줄 수는 없지 않은가.

그러니 문파를 세울 수도 없으며, 자체적으로 무사를 수급할 수도 없다.

'형들이 무당에서 돌아와서 무공이라도 창안하면 모를까…… 현재로서는 무리니까 차선을 택해야겠지.'

해서 운현은 이 또한 방법을 생각해 냈다.

"남은 오분지 사 중 일을 사용하여 제대로 된 옥석들을 가려낸다 해도 한 대에 머무를 뿐입니다."

"계속해서 그런 식으로 돈을 써서 표사들을 모을 수는 없을 테니 당연하다. 그것과 무공이 무슨 관련이더냐? 네 형들이라도 돌아오면 모를까 당장은 방법이 없지 않느냐."

"왜 없겠습니까?"

"허허. 그래. 또 무슨 방법이 있더냐?"

"사람을 모으는데 천 냥. 보관을 하는 데 다시 천 냥. 또한 규모에 맞춰 표국을 크게 확충해도 금자로 2천 800냥이 넘게 있을 것입니다. 그걸 이용할 겁니다."

이것으로 거대 표국을 위한 기반은 시설은 된 것이다.

"돈으로?"

"예. 흑점에서 무공을 사시지요. 정파의 무공이되, 실전적인 그런 무공들을 여럿 구하시면 됩니다."

"허어…… 흑점을?"

흑점은 무림의 어두운 면 중에 하나다. 누가 처음 세웠는지는 모르나, 무림의 어두운 거래 대다수는 흑점에서 이뤄진다.

사람, 영약, 무공 할 것 없이 그 모든 것들을 다루는 곳이 또한 흑점이기도 했다. 그곳이라면 분명 무공이 있을 것이다.

"예. 흑점을 이용하는 겁니다. 그곳은 거래에 관해서는 신용이 확실하지 않습니까?"

"그건 그러하다. 허나 정파의 무인으로서 흑점을 이용하는 것은……."

"거대 문파도 쉬쉬하면서 이용하는 곳입니다. 조용히 처리하면 상관없을 것입니다. 대신 추가금이 붙겠지요."

"흐음……."

평생을 올곧게 살아 온 국주다.

다른 이들이 편법을 동원할 때도 국주는 그러지를 않았다.

사실 표물을 운반하는 표국을 운영하는 것보다도, 학문을 닦고 수양을 하는 학사가 더 어울리는 국주기도 했다.

그렇기에 고민을 하는 것일 게다.

"아버지. 정파의 무공을 구하려는 것입니다. 게다가 삿된 곳에 쓰는 게 아니잖습니까?"

"그렇지만 마음이 걸리는구나……."

"중요한 건 무공이 아니라 무공을 어디에 쓰려 하냐는 것 아니겠습니까?"

"허허…… 네 말이 맞기는 하다. 그래. 어디에 쓰냐가 맞는 것이겠지."

설득이 먹힌 것일까.

국주의 고개가 끄덕여진다. 바르게 사용만 한다면 문제가 되지 않는다는 말이 그에게 와 닿은 듯했다.

국주는 운현의 생각이 꽤 좋다고 여긴 것인지, 좀 더 구체적으로 물어 왔다.

"어떤 무공을 구하는 것이 옳다 생각하느냐?"

"말씀드린 대로 실전에 효과가 있는 것을 구해야지요. 구체적으로 보자면…… 산적을 많이 맞이하고는 하니 외공 또한 좋을 듯싶습니다."

"외공을?"

"예. 눈먼 칼에 맞아 죽을 표사들의 목숨을 꽤 구해 줄 것입니다."

표사도 곧 무림인이다.

그러다보니 갑주를 챙기거나 하는 자들은 거의 없다. 그러니 때로 눈먼 칼에 맞아 죽고는 한다.

'중상을 경상으로만 끝내도…… 어지간하면 살 수 있다. 금강불괴는 아니어도 상관없는 거지.'

운현은 그걸 예방하자 하는 것이다.

"좋다. 무공의 종류에 대해서는 차차 정리를 하도록 하자. 그러자면 꽤 많은 돈이 사용되겠구나. 못해도 금자 천 냥은 훌쩍 넘겠어."

"거의 모든 돈을 다 쓴 셈이지요. 이렇게 물 쓰듯 돈을 쓰는 것도 저희밖에 없을 겁니다. 하하."

"그럴지도 모르겠구나."

보관에 금자 천 냥. 표사들은 구하고 운용을 하는 데, 금자 천 냥을 아끼지 않고 사용한다.

거기다 표국을 확장하고 무공까지 구입을 하게 되면 금자 사 천냥이 사용되는 것도 우스울 이야기다.

운현은 여기에 아주 쐐기를 박았다.

"그리고 남은 금액은 저희와 함께 한 문운파에도 챙겨줘야 할 것입니다. 저희만 가져서야 문제가 되겠지요."

"옳다. 그들에게 얼마를 주면 되겠느냐?"

"크게 오백 냥을 쓰시지요. 대신에 천천히 주어야 합니다. 그리하게 되면 문운파 자체가 저희에게 꾸준히 좋은 표사들을 데려다 줄 겁니다."

"무공을 구해서 자체적으로 키우는 것 외에도 수급까지 한다 이 말이렷다?"

"예. 이렇게 하면 표국의 규모를 순식간에 키움은 물론이고, 탄탄함도 갖출 수 있을 것입니다."

"좋다. 자세한 것은 더 이야기 해야겠으나…… 네가 선택한 방향으로 가자꾸나."

이런 식으로 큰돈을 사용하는 표국이 어디 있겠는가. 이런 식으로 투자를 하는 곳도 또 어디에 없을 것이다.

그러니 운현의 말대로 한다면 생각지도 못하게 표국이 제대로 규모를 키울 수 있을 것이다.

'뭔가. 주먹구구식으로 쓰는 감도 없지 않으니…… 나중에 회계에 관해서도 이야기를 좀 나눠야겠군.'

기 연구와 의술에만 전념을 하느라 표국에는 신경을 쓰지 못했던 운현이다. 그런데 상황을 보아하니 아버지에게 이런 저런 조언을 하는 것도 좋을 듯싶었다.

앞으로 표국에 대해서 더 신경을 써야겠다고 생각하며, 동시에 운현은 마지막으로 남은 돈을 가지고 아버지에게 간청을 올렸다.

"그리고 남은 돈은 운영을 위한 얼마 정도를 빼고 저에게 투자를 해 주시겠습니까?"

"운현이 너에게?"

"예. 이번 역병 사태를 통해서 많은 것이 부족하다는 것을 알았습니다. 그것을 채우고 싶습니다."

"허허……."

마지막 투자처는 자신이라?

국주로서는 그런 말은 전혀 생각지도 못했다.

운영비를 빼고 남은 돈만 하더라도 금자로 수백 냥은 될 것이다. 금자로만 수백 냥을 열일곱 먹은 아이에게 투자해 달라니?

아무리 자식이라지만 일견 맹랑하게까지 느껴지는 말이지 않은가.

하지만 다른 이도 아닌 운현이다.

지금의 호재를 만들어 준 아이가 원하는 것이며, 또한 그 누구보다 깊은 생각을 가진 자식이 원하는 것이다.

'의방을 위해서 사용하려 하는 것이겠지. 게다가 허투루 쓸 아이는 더더욱 아니다. 그것이면 되지 않겠는가.'

운현을 믿기에 국주는 운현이 어디에 어떻게 사용할 지를 구체적으로 묻지 않았다. 다만 짧은 답을 했을 뿐이다.

"좋다. 그리 하거라."

"감사합니다! 표국에도 도움이 되도록 하겠습니다."

"허허…… 그래."

어느덧 자신의 아들이 장성해 나가고 있음을 느끼는 국주였다. 또한 이 일을 계기로 표국의 발전이 점차 빨라지게 되었다.

第九章
그 또한 바빠지다

이후원은 운현에게 문운파에 자금을 전달하도록 시켰다.
"네가 전하고 오도록 하거라."
"그래도 되겠습니까?"
쉬울 수도 있는 일이나, 자금을 전달하는 일은 그 의미가 큰 일이다. 돈의 전달자는 곧 영향력을 가지게 되니 당연한 이야기다.
문운파로서는 운현이 돈을 가져다주게 되면 그에 대한 대우를 다르게 할 수밖에 없으리라.
'그런 일을 맡기신다고?'
아무리 지금 형들이 없다지만, 자신이 할 일은 아니었다.

자신은 표국을 이끌 자가 아니라 의방을 이끌 자다. 당장에 문운파에 영향력을 가질 필요가 없었다.

허나 이후원은 단호했다.

"충분히 생각하고 결정한 것이니라. 다녀 오거라."

"……예."

"너무 어렵게만 생각하지 말거라. 의원일을 한다 하더라도 도움이 될 듯하여 그리하는 것이니까. 이번 사태에도 무림인들 덕을 톡톡히 보지 않았더냐."

"아……."

그제야 아버지의 마음씀씀이를 알아챈 운현이다.

운현의 치료 방식에는 때로 무림인도 필요한 터. 그것을 생각해서 문운파에 영향력을 행사토록 만들어 주는 것이리라.

"감사합니다."

"되었다. 부모 자식사이에 무슨…… 어서 다녀오기나 하거라."

"예!"

자신의 아버지는 좋은 아버지였다.

무뚝뚝하나, 가슴만큼은 그 누구보다 따뜻한 그런 아버지의 마음을 느끼며 문운파를 찾아가는 운현이다.

그런 운현을 한참 바라보던 이후원도 자신의 할 일을 위해 움직이기 시작했다.

"공사를 진행해야겠지. 총관 후보도 봐야 하고…… 바쁘군."

그도 할 일이 많은 상황이었다.

*　　*　　*

문운파에 가고 보니 선객이 있었다. 운현으로서는 자주 볼 수밖에 없는 이기도 했다. 고 표두다.

"에이, 그러니까 표사로 애들 좀 내주면 좋지 않겠는가?"

"하…… 해 주고 싶어도 사람이 없다니까? 다들 무공 가르치느라 바쁘다고. 일손도 부족하고!"

"이거 참. 이런 시기에 도와주면 좀 좋나?"

들리는 소리로 보아하니, 문운파의 문파원을 표사로 차출하기 위해서 온 듯했다. 표국에 사람이 부족하니 사방팔방으로 구하고 다니는 것이다.

'표두님도 참…… 저런다고 어디서 표사가 생기지는 않을 터인데…….'

차라리 다른 표두들은 전에 무림을 종횡할 때 만났던 동료들을 다시 찾고 있다 들었다. 그들 또한 부족한 사람들을 모으기 위해서다.

아직까지 개방이나 하오문을 통해서 사람들을 모으는 의뢰가 실행되지 않았으니 당연한 일이었다.

'그것도 나를 시키지는 않겠지?'

운현은 그리 생각하며 안으로 인기척을 내었다.

"흠흠. 표국에서 나왔습니다."

표국에서 나왔다는 말에 문운파의 사람의 머리가 복잡해진 듯했다.

"어이쿠야. 또 다른 표두라도 데려온 것인가?"

"아니. 그럴 리가 없을 텐데? 게다가 이 목소리를 기억 못하는가. 어쨌거나 어서 들이도록 하게나."

"크흠…… 들어오시오!"

드르륵.

자연스레 운현은 문을 열고 들어갔다. 안으로 들어서고 보니 전에 역병 치료를 할 때 봤던 무사였다.

'이름이……두칠이던가.'

고 표두의 동기이면서, 이름이 웃겼기에 기억하는 것이다.

그도 운현을 알아 본 듯했다.

"커흠…… 국주님이 도련님까지 보내신 겁니까? 아니, 그런다고 없는 사람이 나오지는 않는다니까요……."

"하하. 설마 저까지 그러라고 보내셨겠습니까?"

"그럼 대체 무슨 일이십니까…… 이거, 이 고가 녀석한테

하두 시달리다 보니 머리가 다 아픕니다."

"에이 참! 서로 바쁠 때 돕고 해야 하는 거지. 사람 좀 데려다 쓰고 일자리도 준다는데 난리야!"

"아이. 진짜 사람이 없다고!"

이대로 두었다가는 동기간에 싸움이라도 벌어질 듯한 분위기였다.

고 표두는 그 나름대로 표국을 위해 그리한 것이요. 두칠이란 동기는 문운파를 위함이니 누구에게 잘못이 있겠는가.

적당히 중재만 하면 될 일이다.

"자자, 이번에는 희소식을 가지고 온 것이니 너무 어렵게 생각지 마시도록 하지요."

"희소식이요?"

"예. 아버지가 성주님에게 예물을 받은 것은 알고 계시겠지요?"

"모를 리가 있겠습니까? 등산현 내에 소문이 파다하게 났습니다!"

하기야 이 좁은 등산현에 소문이 안 나면 그게 더 이상했다.

마차 밖으로 나온 비단을 보고 마음이 동한 처녀들도 상당하리라. 등산 현으로서는 귀할 것이 참 많았다.

"하하. 이 고가 녀석한테도 주었던 무기라도 저도 주는 겁니까?"

얼마 전 고 표두가 상으로 받은 검이 탐이 난 듯했다. 하기야 운현으로서도 자주 보지 못한 명검이기는 했다.

두칠의 말에 우쭐한 마음이 드는 것인지 고 표두가 처억 하고 상에 검을 올리면서 말했다.

"녀석! 욕심도! 표사들만 보내면 주시겠지. 지금 도련님을 봐라. 손에 무기를 쥐시진 않았잖아?"

"나도 안다고!"

"하하하. 이거 아주 번쩍 번쩍 하지?"

숫제 검을 뽑아 들어서 본격적으로 자랑하기 시작하는 고 표두다.

'원래 저런 사람이었나…… 이거 참. 문파 동기라더니 군대 동기랑 같은 느낌인건가…….'

본래부터 밝은 성격을 가진 고 표두라지만 지금의 장난기는 꽤나 심한 감이 있었다.

"자자. 그런 건 아닙니다만, 비슷한 겁니다. 자요."

"이게 뭡니까요? 서찰을 보내주실 거면 굳이 도련님까지 오실 필요가……."

운현이 건네 준 것이 무엇인지는 전혀 짐작도 하지 못한 듯했다. 하기야 그 안에 돈이 있을 거라 생각지는 못할 것이다.

"열어서 보시지요."

"예. 예. 뭐 중요한 서찰일수도…… 허억! 헛……."

눈이 크게 뜨여지는 두칠이다.

두칠이 놀란 채로 아무런 말도 하지 않고 있자, 호기심이 동한 것인지 고 표두가 봉투를 가로채 안을 보았다.

그 또한 놀라는 것은 당연했다.

"헛. 이게 대체 뭔 돈이랍니까?"

"성주님께 받은 것 중에 돈도 좀 있었습니다. 그걸 아버지께서 챙겨주신 거지요."

"대, 대체 왜……."

두칠로서는 아직까지도 놀람이 가시지 않는 듯했다.

하기야 문운파라고 해봐야 중소문파에서도 아주 작은 문파다. 문주를 제외하고 고 표두 같은 절정 고수가 겨우 나왔을 정도의 문파가 문운파다.

그런 문운파에 일 년 운영비라고 해봐야 얼마나 되겠는가. 잘해야 황금 몇 냥도 안 될 지도 모른다.

그런 문운파에 크게 황금 백 냥을 들고 온 운현이다.

"이번 역병 사태 때 함께 고생하시지 않으셨습니까? 그래서 드리는 것입니다."

"그래도…… 액수가 너무 큽니다요."

"저희도 챙길 만큼은 챙겼습니다. 한 번에 드리고는 싶으나…… 쓸 데가 있어 나머지는 나눠서 내년에 또 드리겠습니다."

이걸로 끝이 아니었던 건가. 놀람이 좀 가시던 두칠이건만, 이제는 손까지 떨기 시작했다.

"이, 이게 끝이 아닙니까?"

"당연한 것 아닙니까. 저희도 표사, 표두들을 모아야 하니 당장 드리지는 못할 겁니다. 그래도 때가 되면 또 드릴 겁니다."

"허어…… 이, 이거면……."

가만히 상황을 바라보던 고 표두는 괜히 심술이 났는지, 두칠의 어깨를 툭하고 쳤다.

"야이 놈아. 큰돈 주셨으면 절이라도 해야 할 거 아니냐. 어서 인사라도 올려, 임마!"

말투는 투박했어도 동기를 생각해서 한 말인 듯했다.

"아…… 죄송합니다. 감사합니다. 어찌 감사의 인사를 올려야 할지. 이거 제가 정말 절이라도……."

진짜 절을 올릴 생각인지 일어서기까지 하는 두칠이다.

"아이구야. 이놈이 정말로……."

운현과 고 표두는 생각지도 못한 두칠의 행동을 한참을 말리고서야 그를 제자리로 돌려놓을 수 있었다.

그로선 진심으로 국주가 넘겨준 돈에 관해서 감사를 하고 있는 듯했다.

"이 돈이면…… 몰려드는 문파원들 숙소도 지을 수 있을 겁니다. 훈련장도 제대로 지을 수 있을 거구요. 어떻게 부족한 것들을 마련하나 했더니…… 허어……."

긴 감동을 하는 것이 마음에 안 들었는지 고 표두가 다시 나선다.

"짜샤. 그러니까 표사 될 녀석들이나 데려오라고."

"아이 참. 사람이 당장에는 없다니까? 그래도 내…… 소싯적에 같이 다니던 놈들 연통은 넣어보마."

"그런 사람들이 있으면 진작 그랬어야지!"

"사실 놈들이 실력은 별로 높지 않단 말이다. 그래서 안 했던 거지!"

"뭐 어때. 고양이 발이라도 빌려야 할 판에!"

"아 몰라. 실력을 신경 안 쓸 수는 없잖냐. 그래도 인성은 돼먹은 놈들이다. 그래도 괜찮냐? 아니 도련님 괜찮겠습니까?"

인성은 괜찮은데 실력은 부족한 자들이라? 나쁠 것이 없다. 국주와 구체화해 가는 계획대로라면 오히려 좋다.

"괜찮습니다."

"놈들이 나이만 먹어놔서 표사 노릇도 제대로 못할 지도 모릅니다. 그래서 연통도 안 넣었던 건데……."

그래도 두칠은 정말 걱정스러운 눈치다.

자신이 속한 문파에 큰 기부금을 받았으니, 무어라도 해주고 싶은데 그럴 수가 없으니 미안해 보이기도 했다.

무림인치고는 여러모로 순수한 사람이다.

'등산현 사람들이 다들 그러기는 하지……'

투박하기는 해도 괜찮은 사람들이 많은 곳이다. 운현은 등산현에 대해서 잠시 평을 내리면서도 답은 하였다.

"정말 괜찮습니다. 저희 표사들을 위한 무공도 준비를 하려 하고 있으니까요."

"허어…… 그, 그렇다면야. 일단 알겠습니다. 그럼 연통을 곧 넣여보도록 하지요."

"예. 부탁드리겠습니다."

착한 일을 하면 복이 온다고 하던가. 본래부터 내려고 하던 기부금을 내고 보니 사람 몇을 구할 듯싶었다.

'그런 사람들도 다 쓰일 곳이 있겠지.'

인성만 되었다면 된 것이다. 운현은 진정 그리 생각했다.

문운파에서 환대를 받으며 나온 운현과 고 표두는 함께 표국으로 돌아가고 있었다.

"돈이야 성주님한테 받았다손 치더라도…… 표사들을 위한 무공이 있다는 건 무슨 말입니까?"

"하하. 새로 무공을 구하려고 하고 있습니다."

"무공을요? 국주님도 이제 절정이시니…… 창안이 불가능하시진 않겠지만…… 그래도 시간이 없잖습니까?"

"하하. 시간이 중요한 게 아닙니다."

그도 무공을 창안해야만 구할 수 있다 생각하고 있는 듯했다. 하기야 그리 생각하는 것도 무리는 아니다.

그게 무림인들의 고정된 방식이다.

연구를 위해서나, 모종의 이유로 무공을 사고팔기는 해도 자신이 익힐 무공을 사고파는 경우는 극히 드무니까 당연하다.

"시간이 중요한 게 아니면 무엇입니까? 설마 어디 훔치시기라도……."

"그럴 리가요?"

"아니면 문운파의 무공이라도 원하시는 겁니까? 도련님이 원하신다면야 가르쳐 주기야 하겠지만……."

뒷말은 듣지 않아도 뻔했다.

운현에 국한되어 무공을 가르쳐 줄 수는 있어도 표국을 위한 무공으로는 안 된다는 말일 것이다.

이통표국에 대한 애정만큼이나, 문운파에 대한 생각도 하는 고 표두이니 당연한 생각이다.

"그렇게 염려하시지 않아도 됩니다. 아예 새로운 것을 가져 올 참입니다. 흑점에서요."

"엑. 흑점에서 무공을 사시려 하시는 겁니까?"

"예. 왜 안 되겠습니까?"

"뭐…… 듣고 보니 나쁜 생각은 아닙니다만은…… 흑점이 워낙 소문이 안 좋지 않습니까?"

"그렇기야 하지요. 그래도 거래에는 확실하니 괜찮을 겁니다."

흑점이 거래만큼은 깨끗하게 하는 것은 인정하는 건지 고표두도 더 말을 하지 않았다. 다만 사족은 덧붙였다.

"흐…… 도련님의 생각은 항상 들어보면 쌈박하기는 한데…… 항상 상식을 깬단 말입니다."

"에이. 그냥 어리다 보니까 생각이 통통 튄다고 해 주시지요?"

"하. 어디 도련님이 애입니까? 이미 덩치도 저보다 더 컸구만. 곧 열여덟이라고 해도 너무 큽니다, 도련님은."

장난은 장난으로 받아주는 것이 좋았다.

"쳇…… 어렸을 때는 귀여워도 해 주시더니……."

"이거. 이거. 그거야 어렸을 때 아닙니까. 어쨌거나 어서 들어가지요. 늦었습니다."

"또 일이라도 있으셨던 겁니까?"

"예! 이미 다 커서는 이상한 생각만 하는 도련님 가르치러

가야죠! 어서 가죠! 무공 수련하러."
 젠장할.
 '갑자기 또 무공수련이라니? 괜히 말빨에서 밀리니까 심술이잖아?'
 전혀 생각지도 못한 곳에서 치고 들어오는 고 표두였다. 허나 어쩌겠는가. 이미 반쯤은 그도 자신의 무공 스승이다.
 "아아…… 오늘은 더 할 일이 남아 있단 말입니다."
 "모릅니다. 안 들립니다. 자아, 어서 수련을 하러 가지요."
 왠지 오늘의 수련은 굉장히 고될 것 같은 느낌이 드는 것은 왜일까?
 괜히 운현에게 말리기만 하면 수련으로 이겨 먹으려고 하는 고 표두였다.

第十章
확장되다

"으으…… 젠장……."

며칠은 두고 운현의 무공 수련을 시키는 고 표두다.

그도 참 악질인 것이, 자신의 할 일이 있으면 훈련을 지켜 볼 다른 표두라도 꼭 붙여놓고 움직였다.

아니면 표국의 하인이라도 동원해서는 자신이 무공 수련을 제대로 하는지를 확인했다.

'평소랑 다르게 이런 부분만 치밀하다니까…….'

게다가 훈련도 보통 고되게 시키는 것이 아니다.

문운파 출신으로 상승의 무공을 배우지는 못했으나, 고된 수련과 운현이 던져준 화두를 통해서 절정이 된 고 표두

아닌가.

 수련 제일이라는 생각을 가지고 있어서 인지, 그의 수련은 보통 사람으로서는 따르기 어려울 정도였다.

 다른 이가 보기에는 무식해 보일 정도였다. 구파일방에서도 그리 수련은 시키지 않으리라.

 운현도 어려서부터 몸을 단련시켜 놓지 않았더라면 받기 힘들 수련이었다.

 "절정 이전에는 결국 몸으로 하는 겁니다. 끊임없는 수련으로 몸에 아주 배게 만들면 그게 곧 절정이라니까요?"

 "아니, 표두님은 기에 관한 화두 끝에 깨달음을 얻은 거 아닙니까?"

 "그건 그거고요. 제가 절정이 되고 보니, 결국에 얻은 결과가 이거니까 일단 따르시지요."

 "하…… 진짜."

 "뭐가 진짜입니까? 결국에는 극악의 노가다를 통해서 몸에 초식이 배면 곧 절정이 될 겁니다. 믿어 보시지요!"

 그 또한 절정이 되고 나서 지난 몇 년간 생각해 놓은 바가 있는 듯했다.

 무슨 말을 해도, 이게 곧 절정이 되는 길이라고 말을 하니 어떻게 하겠는가. 아직 절정이 되지 못한 운현으로서는 말을 들을 수밖에 없었다.

하도 귀에 박히게 듣다 보니 그 또한,

'정말 노가다 끝에 절정에 이를 수 있나?'

라고 생각이 들 정도였다.

허나 그렇다면 다른 사람들도 결국 모두 절정에 도달해야 하는 거 아니겠는가. 말이 되지 않았다.

하지만 고 표두가 시키는 수련이 괜히 운현을 괴롭히기만을 위해서는 아닐 것이다.

그러니 일단은 믿고 하는 수밖에는 없었다.

한참을 표국을 걸어 움직이려니, 운현과 마주하는 사람들이 인사를 올리곤 했다.

"도련님. 오늘도 수련하신 겁니까?"

"아, 예."

표국의 확장 공사를 위해서 온 목수들이다. 앞으로 올 사람들을 위해 공사부터 미리 진행하고 있었다.

국주를 포함하여 운현 가문의 사람들이 성격이 좋다 소문이 난 덕에 목수들은 가벼운 농도 걸곤 했다.

"우리 같은 목수들보다 몸이 더 좋으시다니까요. 목수로라도 전향하시는 게 어떠십니까? 하하."

"예끼. 이 사람. 이미 명의가 아니신가. 아니 신의시지. 이놈 말은 흘려들으시지요."

"아…… 예."

"그럼 저희는 이만 가보겠습니다요. 공사가 밀려서요. 하하."

"잘 부탁드리겠습니다."

운현이 목수들에게 고개를 숙여가며 인사를 올렸다. 그로서는 자신 가문의 표국을 지어주는 것이니 당연한 행동이다.

허나 목수들로서는 그게 아닌 듯했다.

"어이쿠. 도련님이나 되셔서 그러시면 저희가 다 곤란합니다요. 어쨌거나 열심히 지을 테니 믿으시지요."

그들로서는 운현의 인사가 되려 부담스러운 것이리라.

"예. 그럼…… 저는 먼저 가보겠습니다."

"살펴 가시지요."

더 있어보아야 어색할 것 같기에 목수들에게 인사를 올리는 것을 마지막으로 사람을 피해 숙소로 돌아온 그다.

'수련도 다 했고…… 이제는 연구인가. 흐음…….'

기에 관한 연구는 꾸준히 하는 그였다. 요즘의 화두는 기의 응집력과 그에 대한 효율성의 상승이다.

자신의 단전에 있는 사십 년 이상의 선천진기는 전과는 다른 효용들을 보여주고 있었다.

"양이 많아지면 많아질수록 훨씬 강해진다 이 말이지……."

일 더하기 일은 이가 아니었다. 기라는 것은 일 더하기 일을 하면 삼도 되고, 사도 되었다.

특히나 선천진기 같은 경우엔 다른 내공들보다 상위의 것이라 알려져서 그러한 것인지 더욱 크게 효율성이 올라가는 듯했다.

"이걸 잘만 깨달으면 뭔가 있을 듯한데……."

선천진기를 잘만 이용을 해도 영약을 만들거나, 절정이 되는 길이 보일 듯했다.

확실한 근거가 있는 것은 아니나, 계속해서 자신의 감이 그리 말을 하고 있었다. 그러니 열심일 수밖에.

'자자, 일단은 선천진기 사용량을 늘릴 때마다 어찌 힘이 증가하는지 측량을 해봐야겠군.'

끊임없는 노력. 연구. 개량.

그를 통해서 한 차원 더 앞으로 나아갈 때가 분명 있게 될 것이다. 그게 운현의 길이니까.

앞으로를 위해서 점차 움직여 나가고 있는 그였다.

*   *   *

중원 어디에나 있는 곳이 거지들이다. 그런 거지들의 총 집합체가 유명한 개방이다.
굳이 무공을 익히지 않는다고 하더라도 거지들은 대부분 개방에 들어가 있다. 적어도 연이라도 있다.
그러니 거지는 곧 개방이고, 개방이 곧 거지다.

이후원은 평소 자주 찾지 않던 죽방 밑에 들어갔다. 죽방은 등산현 거지들의 소굴이라고 할 수 있는 곳이었다.
"어이쿠. 국주님께서 웬일이십니까?"
매듭이 세 개다.
개방도는 팔에 걸쳐진 매듭으로 계급을 드러낸다. 세 개이니 삼결 제자다.
개방에서도 결코 낮지만은 않은 거지다. 무공도 익혔을 것이 분명했다. 이쪽의 책임자쯤 되리라.
허나 살근살근 이후원을 대하는 것을 보면 거지로서의 본성을 버리지 않은 듯했다. 딱 빌어먹기 좋은 태도다.
"험험. 의뢰를 할까 해서 왔습니다만은……."
그제야 살갑기만 하던 삼결 제자의 굽었던 등이 펴졌다. 거지가 아닌 한 명의 무인과 같은 자세였다.
의뢰는 곧 개방에 정식으로 무언가를 요청한다는 뜻.
평소야 거지대로 살아간다손 치더라도 지금 만큼은 거지

이되 개방도로서 일을 받는 것이다.

"의뢰 말입니까?"

"의뢰입니다."

"이통표국에서 저희에게 의뢰를 한 역사는 없습니다. 이번이 처음이로군요?"

"솔직히 의뢰를 할 주제도 안 되지 않았습니까?"

개방의 의뢰는 아무나 할 수가 없다. 돈과 명예 모두가 어느 정도는 되어야 했다.

돈은 거지를 부리기에 많아야 하는 것이고, 명예는 개방이 정파를 표방하기에 높아야 하는 것이다.

돈만으로 의뢰를 받는 하오문과는 또 다른 자들이 개방인 것이다.

"허어. 등산현의 이통표국이 어찌 그렇겠습니까. 현재 호북에 가장 주목을 받으시는 것을요."

"주목이란 말입니까?"

"예. 당연한 일이 아닙니까. 역병을 그렇게 물리친 전례는 어디에도 없었습니다. 주목은 자연스러운 겁니다."

"생각 이상이군요. 어쨌든 의뢰는 가능하다는 이야기군요?"

"정파인의 마음에 어울리는 것이라면! 얼마든지입니다. 물론 조금의 사례는 받아야하지만요. 하하."

시원시원해서 좋았다.

비록 거지이나 인물의 됨됨이와 능력이 보통은 넘는 듯했다.

하기야 십만 방도라고 말하는 개방에서 무공을 전수받고, 삼결의 제자가 되기 위해서는 보통은 넘어야 하리라.

"방을 붙여주십시오. 호북을 포함하여 그 주변 모든 성입니다. 아, 물론 사파 영역은 제외입니다."

"무슨 내용입니까?"

"표사들을 모집하려고 합니다. 인연이 닿는다면 오겠지요."

국주의 말이 끝나자 삼결 제자의 눈이 번뜩하고 빛난다.

정보를 다루는 그이니, 방을 붙인 이후에 일에 대해서 예상을 한 것이리라.

"저희가 생각하는 것 이상으로 야망이 크시군요. 호북 제일의 표국을 원하시는 겁니까?"

"아닙니다. 그런 욕심이 없다고는 말을 하지 못하나⋯⋯ 탄탄한 표국을 물려주고 싶을 뿐입니다."

"그렇다고 보기에는 너무 크게 받아들이는 일이 아닙니까?"

"그래서 또 다른 의뢰도 한 번에 하려고 합니다."

견제라도 하는 것인가.

아니면 달리 무슨 이유라도 있는 것인가. 당장에 의뢰를 받을 줄 알았던 개방치고는 묻는 것이 많았다.
'흐음…… 이 부분에 대해서도 생각을 해 봐야겠군.'
개방이 보이는 뜻밖의 태도에 잠시 당황스러운 국주였다.
삼결 제자는 국주의 당황스러움이 상관이 없다는 듯 여전히 의심의 눈초리를 보내고 있을 뿐이었다.
'이통표국이 세력을 키우는 것은 좋다. 허나……무작정 세를 키운 조직치고 제대로 돌아간 적이 있던가.'
그로서는 자신의 나고 자란 지역인 등산 현의 이통표국이 변질 되는 것을 염려하는 듯했다.
그가 물었다.
"어떤 의뢰를 하시려는 겁니까?"
"사람을 가려주시지요. 방을 보고 온 자들 중에 문제가 될 자들을 추려주셨으면 합니다."
그제야 의심의 표정을 지우는 삼결 제자였다.
아니 조금은 놀란 듯한 그다. 그의 묘하게 작은 눈이 크게 뜨여졌을 정도다.
"……명가를 만드시려는 것이로군요."
"허허…… 아들에게 좋은 가문을 물려주려 할 뿐입니다."

삼결 제자는 이통표국을 상향평가 해야겠다고 생각하며, 답했다.

"그것 이상이 될 것 같습니다. 어쩐지 요즘 표국에 찾아가면 얻어먹을 거리가 많다 했습니다."

"개방에 잘 보이고 싶어서 그런 것이지요."

"하하. 개방이야 잘 먹고 잘 싸면 그걸로 된 것이지요."

사람 좋게 웃는 개방도지만, 속으로는 많은 것을 가늠하고 있을 것이다.

"좋습니다. 국주님이 그동안 보이신 협의가 있으니 최선을 다해 의뢰를 수행하도록 하겠습니다."

"의뢰비는 얼마입니까? 참고로 하오문에도 같은 의뢰를 할 것입니다."

"허어……이제는 경쟁까지입니까? 어쨌든 좋습니다. 보자아…… 의뢰비는……."

삼결 제자인 그는 지금까지의 태도와는 다르게 바닥에 쪼그려 앉더니 셈을 하기 시작했다.

꽤나 없어 보이는 모습이다.

하지만, 방금 전에 예리했던 눈빛을 겪었던 이후원으로서는 감히 우습게 볼 수가 없었다.

"황금 오십 냥 정도면 될 거 같습니다. 이번 일이 있으니 실비만 받는 겁니다."

"역병 치료를 해서 입니까?"

"예. 아드님이 호북의 만민을 구하신 것 아닙니까. 당연한 것입니다."

예상치도 못하게 적은 금액을 내게 된 이후원이었다.

그는 그렇게 개방에서 있던 의뢰를 하오문에도 한 번 더 맡기고는 표사, 표두 모집의 첫걸음을 뗐다.

과연 얼마나 많은 이들이 모여들지는 모르나, 적어도 호북에서라면 큰 주목을 받게 될 터.

여러모로 빠른 행보를 벌이고 있는 이후원이었다.

* * *

남은 것은 흑점에서 무공을 구하는 것이다.

본래부터 있던 표사들과 앞으로 올 표사들의 무력을 책임지기 위해서는 새로운 무공들이 필요했다.

허나 흑점이란 곳 자체가 굉장히 은밀한 곳이 아니던가. 이 장소를 찾는데도 의뢰를 해야 했을 정도다.

그런 이후원이 날을 잡고 흑점에 가려고 하니 아들인 운현이 막아섰다.

"아버지, 흑점은 제가 가 보도록 하겠습니다."

"위험할 수도 있다. 네가 영특한 것은 아나…… 해야 할 일이 따로 있는 것이다."

 운현의 뜻을 따라주는 이후원이나 이번 일은 아무래도 무리였다.

 흑점이 어떤 곳인가. 어찌 생겨났는지 연원도 모르는 곳이며, 심할 경우 사람 목숨으로도 거래를 하는 곳이다.

 그런 곳을 아들이 가겠다고 한다면 부모로서 막아서는 것은 당연했다.

 허나 아들인 운현 또한 고집이 보통이 아니었다. 게다가 그로서는 가야 할 이유가 있기도 했다.

 "어떤 종류의 무공을 선택할지 이미 고른 것이 있다지만…… 저도 골라야 할 것이 있습니다."

 "네가 골라야 할 것이 있다?"

 "예. 영약에 관련된 것들을 구해야 합니다. 본래 있던 표국 사람들을 챙기기 위해선 영약을 만들어야 할 필요가 있습니다."

 "흐음……."

 영약에 관련된 것들이라.

 하기야 나중에서야 알았지만 오행환이라는 것은 왕의원이 아니라 아들 운현이 만들었던 것이다.

 지금도 장복을 하고 있는 덕분에 내력의 양이 꾸준히 올라가고 있었다.

예전이야 둘째 문환을 상대로 의료사고 아닌, 사고를 쳤었다지만 지금에 와서는 믿고 있는 국주였다.

허나 믿는 것은 믿는 것이고 위험은 위험이다. 문제는 아들 말도 타당하다는 것이니!

'허허. 고민을 할 수밖에 없구나······.'

표국의 사람들을 챙기기 위해서는 무공에 더해 영약도 있으면 좋다.

'오래전부터 우리 표국에 있던 자들을 새로운 자들을 받는다고 홀대를 할 수도 없으니······.'

있다면 충분히 그들이 무공을 올리는 데 도움을 줄 것이다.

그리하면 새로 오는 실력자들이 표사, 표두가 되더라도 충분히 자신의 자리를 지킬 수 있을 것이다.

텃새를 부릴 필요는 없지만 자신의 자리를 지킬 수 있게끔 힘은 줘야 하는 것이다.

그게 지금껏 작았던 이통표국을 위해서 애써 주었던 표사와 표두들을 위해 해 줄 수 있는 것들이다.

같이 해 준 자들에 대한 예의이자 사람의 도리이기도 했다.

"흐음······ 이 아비가 가서는 안 되겠느냐?"

"무공에 관해서는 저도 진본인지를 확인할 수 있으나,

영약에 관련해서는 외람되오나…….”

"허허. 그것도 그렇구나. 이 아비가 그것들을 알아볼 수 있을 리가 없구나."

역시 어쩔 수 없음인가? 왠지 계속해서 아들에게 말려드는 느낌이나 어쩔 수가 없었다.

"……안전하게 다녀오도록 하거라. 고 표두와 김 표두도 데려가도록 하고."

"예. 그분들이라면 충분할 겁니다."

"허허…….”

흑점은 운현이 가게 되었다.

오랜만에 망중한을 즐기고 있던 고 표두와, 김 표두로서는 갑작스레 일을 하게 된 상황이 아닌가.

"이거, 이거. 나중에 좋은 거라도 챙겨 주셔야 합니다요?"

고 표두야 운현에 대한 애정이 있어 상관이 없었다.

"크흠…….”

허나 본디 성격이 사나운 편에다가 오랜만의 휴식을 한없이 즐기던 김 표두로서는 표정이 좋지 못했다.

'달래야 하려나…….'

표두이지만, 단순히 고용인과 고용주의 관계가 아니지

않는가.

"표두님들. 제가 나중에라도 '좋은 거' 챙겨 줄 터이니 기분 좀 푸시지요."

그제야 김 표두가 은근한 표정으로 운현을 바라본다.

오행환에 대해서는 잘 모르나, 운현의 의술 실력은 믿기에 그런 것이리라. 영약 마다할 무림인은 어디도 없다.

"좋은 거라고 하심은……."

"뭐겠습니까? 하하. 대단한 것은 아니고 한 달 내력이 올라가는 좋은 거 좀 드리겠습니다."

"호오…… 한 달이라고요?"

한 달의 양이 올라가는 것도 쉽게 구할 영약은 아니다. 작은 중소문파는 지휘가 있는 자들이나 겨우 먹는다.

값이 문제이기 때문이다. 대부분은 영약에 돈을 쏟을 여유가 없기에 그러한 터.

허나 운현으로서는 원가로 만들어 낼 수 있는 데다가, 계속 영약에 관한 실험을 해나가니 그 정도 영약은 몇 개쯤 있었다.

괜히 성과도 없이 오랫동안 연구를 해 온 것이 아닌 것이다.

"예. 뭐 많이는 아니고. 두 개씩입니다."

"두 개가 어디입니까. 하하."

그제야 김 표두의 표정이 풀린다.

낭인 출신으로 덩치에다, 평소 사나운 성격을 가진 그여서 그런지 웃음소리마저도 쩌렁쩌렁하니 울렸다.

"이번 일만 잘 처리되면 더 좋은 거도 만들 수 있을지도 모르니 어서 움직이자고요."

"좋습니다! 어디로 앞장 서면 되겠습니까?"

"하하. 꽤 길이 복잡하니 제가 앞장서도록 하지요."

표국의 사람들. 팔십의 표사와 네 명의 표두들 대부분은 운현이 어려서부터 있어 정이 든 사람들이다.

가족과도 같은 그들을 챙겨줘야만 했다.

'그러려면 제대로 된 제조법이라도 얻어야겠지…….'

언덕에 있는 관제묘를 지나가고, 굽이굽이 있는 산길을 지나가니, 전에 없던 작은 가옥 몇 채를 볼 수 있었다.

"작은 화전민 마을 같은데…… 저게 흑점이었군요."

"하…… 저도 등산에서 나고 자랐으면서도 처음 봤습니다."

역시 괜히 흑점은 아닌 것인가. 하기야 암거래를 하려면 이런 외곽에 있는 것이 좋을 것이다.

제대로 온 것이라 여긴 운현은 미리 알고 온 암구호를 시작했다.

"커흠…… 말씀 좀 묻겠습니다."

"무엇인지요?"

입구에 들어설 때까지만 해도 보이지 않던 이가 어느새 자리를 잡고 답을 하고 있었다.

'진법이라도 있는 건가. 역시 흑점이로군.'

운현은 내심 감탄을 하면서도 계속 암어(暗語)를 이어나갔다.

"이곳에 아주 작은 달이 있다고 들었습니다만은……등산현에 딱 들어맞을 만한 것이라 들었습니다."

"아직 날이 차지 않아 때가 아닙니다만은?"

답이 왔다. 무슨 뜻을 가진 말인지는 몰라도 마지막 말만 하면 되었다.

"이곳에 밤이 들어 차 있는데 날을 맞추지 못할 것이 뭐 있겠습니까?"

끝이다. 이 말도 안 되는 듯한 말을 누가 만들었는지는 모르나, 일행을 맞이한 자가 그제야 웃음 지었다.

"하하. 정확히 기억을 하셨군요. 가지요. 안에서 거래를 해야 하지 않겠습니까, 신의님?"

"……이미 누군지 알고 계셨군요."

누군지 파악을 하면서도 왜 암구호 따위를 해야 하는 것일까. 알다가도 모를 일이다.

확장되다 203

"그렇게들 바라보지 마시지요. 전통이란 겁니다. 전통. 자아, 안으로 가지요."

삐그덕.

낡은 문을 열고 들어서자 그 안에는 생각지도 못한 신천지가 열려 있었다.

第十一章
흑점

 안은 화전민촌에 있을 거라고는 생각지 못할 것들이 있었다.

 척 봐도 귀해 보이는 골동품이나, 흙에 둘러싸인 무언가들도 있었다. 관리를 위해서인지 쾌쾌한 냄새가 나기보다는 상쾌한 느낌이었다.

 동시에 서책들도 꽤나 많이 자리를 잡고 있었다.

 차곡차곡 정리가 되어 있는 것이 보이는 것과 다르게 꼼꼼한 성격을 가진 흑점의 사람인 듯했다.

 서재를 보면 꼼꼼하기는 해도, 저 흑점주의 인상을 보고 있노라면, 딱 봐도 얍삽하다는 인상이 전해졌다.

'꼼꼼한 주제에 얍삽하기까지 하다라. 조심해야겠군.'

꽤나 피곤한 거래가 될지도 모른다고 생각을 하는 운현이다.

"무엇을 구하러 오셨습니까?"

"저에 대해서 아시면서 제가 무얼 구입할지는 모르시는군요?"

떠 보는 것이다. 어디까지 아느냐를 알아야, 그들의 정보력에 대해서도 알 수가 있지 않겠는가.

흑점을 적대할 생각은 없지만 알아 둔다 해서 나쁠 것은 없었다.

"하하. 저희가 개방도 아니잖습니까? 기본적인 건 알아도…… 속내까지는 모르지요."

"흐음……."

믿어도 될까? 아버지 이후원이 이곳에 오는 것을 막을 정도로 위험하다 알려진 자들이다.

'마냥 믿기에는 걸리는 바가 많다.'

허나 그렇다고 해도 거래를 하고 싶은 자는 이들이 아닌 자신이다. 걸리는 게 많아도 어쩔 수 없었다.

"무공을 좀 구하려고 합니다."

"호오? 무공을요?"

"예. 필요한 종류는 미리 적어서 왔습니다."

운현은 가슴께에 있던 서찰을 꺼내 건네주었다.

"흐음…… 외공이 필요한 것이로군요. 거기다 단련법들도 있고. 조건은 깨끗해야 하는 것이라……."

"정파의 것이어야 하며, 뒤탈이 없어야 합니다. 이미 망한 문파의 것이면 좋지요."

"솔직히 보통은 마공을 구하곤 해서…… 의외로군요."

"마공이라…… 저희는 저희 표사들이 사용할 겁니다."

주로 마공을 구한다는 소리는 연구를 위해서 구하거나 하는 듯했다. 설마 익히려는 미친 자들이 있을 거라곤 생각지 못하는 운현이었다.

"덧붙여서 파훼법도 알려지지 않은 것이었으면 합니다."

"없지는 않습니다. 지금도 많은 문파들이 스러지기도 하고, 개파를 하기도 하니 있을 수밖에요."

역시 흑점은 흑점인가. 암거래 하면 흑점이라고 하더니 이런 것들도 미리 가지고 있는 듯했다.

"다만…… 문제가 가격이 좀 셉니다. 조건이 많으니까요."

"그렇습니까?"

"예. 사실 아실지 모르지만 무공에 관해서는 이미 기준가라는 것이 있습니다. 이걸 좀 보시지요."

사내가 주섬주섬 서가를 뒤지더니 무언가를 적어서 꺼내

주었다.

 '진짜네?'

 자신들만의 기준이 있다고 하더니, 무공에 대한 기준과 그 가격에 대한 것들이 빼곡히 적혀 있었다.

 이통표국이야 이번이 처음이지만 흑점을 통해서 무공을 거래하는 곳이 꽤 많은 듯했다.

 그러니 미리 준비한 이런 기준표도 있는 것일 게다.

 '이런 기준표는 현대에나 있을 만한 건데…… 경험이 많이 쌓였거나, 뭔가 있군.'

 기준표 자체를 신기하게 생각을 하며 운현은 꼼꼼하게 기준표를 읽어 보았다.

 흑점은 무공에도 급을 나눴다.

 흔히 말하는 삼류의 무공이라는 것을 삼급으로 해 두었다.

 이류의 무공은 이급. 일류의 무공은 일급이었다. 그밖에 예외의 것을 특급이라고 해 두었다.

 '우리 집의 것은 이급 정도의 무공인가…….'

 급을 정했으니 다음은 급에 따른 가격이 아니겠는가.

 가격은 삼급의 무공이 금자로만 한 냥이다.

 아무래도 이것은 구하는 방식에 따라서, 흔하게 구해져서 그런 듯했다.

이급의 무공부터는 가격이 달랐다. 싼 것은 금자로만 십 냥에서 최대 백 냥이었다.

일급의 무공은 이백 냥부터 시작이었다.

특급은 가격이 정해져 있지도 않단다. 하기야 물량도 있을까 궁금한 것이 특급이다. 당연했다.

'일견하면 싸 보이기도 하지만…… 보통 사람이 평생에 금자 하나도 만지기가 힘드니 당연한가?'

운현의 가족이 생각지도 못하게 금자로만 오천 냥을 얻었다지만, 이건 어디까지나 공적을 세운 덕분이다.

보통 은 한 냥이면 사인 가족의 한 달 생활비이지 않은가. 이런 은 이십 냥이 금자로 한 냥이다.

금원보 하나가 금자 오십 냥.

금자 오십 냥이면 은자로만 천 냥이다. 생활비로 환산하면 무려 천 달의 생활비다! 천 달!

일 년 열두 달로, 천 달을 나누면 83년이다. 무려 83년. 일가족이 평생을 먹고도 남을 돈이 금자 오십 냥인 셈이다.

그러니 말이 금자 십 냥이고, 백 냥이고 말을 하는 것이지 이곳에서 거래되는 가격은 아예 상식을 초월하는 가격인 셈이다.

'하 참…… 흑점은 이런 걸 거래한단 말이지. 미쳤군.'

새삼 자신이 얻은 돈과 살인적으로 비싼 무공의 가격에 대해서 생각을 하며 한참을 있으려니, 부언을 해 주는 흑점의 점주였다.

"급에 따라서 나뉘는 가격에…… 조건이 붙게 되면 가격이 자연 올라갑니다."

여기서 또 오른다라.

돈이라는 것이 많은 자는 많으며, 없는 자는 없는 세상이라지만 또 추가금이 붙는다니? 아찔했다.

그래도 거래를 위해서는 흥분할 수가 없었다. 운현은 태연한 척을 하며 물었다.

"흐음…… 어떻게 말입니까?"

"정파의 것이어야 한다는 조건은 사실 쉽습니다. 정파든 사파든 자주 망하는 건 매한가지니까요."

"그래서요?"

"허나 파훼법이 거의 밝혀지지 않았다는 게 어렵습니다. 생각해 보십쇼."

"아아. 망한 문파면 대부분 파훼법이 밝혀져 있다 이 말입니까?"

"예. 그러니 특별하게 구해진 것들을 추려야 하니 자연 가격이 오릅니다."

그의 말도 맞는 말이기는 했다.

파훼법이 밝혀졌으니 문파가 망했겠지. 문파가 망하는 것에 다른 이유도 많겠지만, 아무래도 이게 확률이 높았다.

맞는 말인데도 왠지 꺼려지는 바가 있는 운현이었다.

"보통은 연구나, 따로 쓸 데가 있어 구매를 해서 이런 조건을 안 답니다만…… 아무래도 조건을 다셨으니 비싸지는 거지요."

역시. 뭔가 말을 하는데 모순이 있었다.

"흠…… 여기 기준표를 보면 무공의 등급에 따라서 구매를 하는 거잖습니까?"

"그래도 조건을 다셨으니……."

"말도 안 되는 소리! 이미 있는 것에서 조건에 맞는 물건이나 내주면 될 것을 어찌 이런 걸로 추가금을 답니까?"

말을 하고 보니 속이 시원한 운현이다.

조건을 달았으면 그에 맞는 물건만 보여주면 될 것을 무슨 돈을 더 주나? 웃기는 이야기다.

"흑점이 거래에 관해서는 정확하다 들어서 왔거늘……."

"아니 그래도…… 조건이 있으시니."

여기서 물러날 수는 없다. 딱 눈치를 보아하니, 운현을 호구로 본 듯했다.

나이도 어리고, 세상 경험도 많지는 않다 여겨졌으니, 한탕하려고 한 것이다. 아주 잘 걸렸다.

"말도 안 되는 소리는 그만하지요. 후우. 이거 소문난 잔치에 먹을 것 없다는 말이 사실이었구려?"

"아니! 무슨 말을 그리하십니까?"

"됐습니다. 흑점이 이곳만 있겠습니까? 흑점은 하나이되, 개인이란 걸 들었습니다. 다른 곳 가지요!"

그들은 하나의 이름 아래에 뭉쳤으나 점조직이다. 총점주가 있다는 말도 있으나 확인되지 않은 바다.

'일종의 범죄 카르텔을 구성한 거겠지. 어쨌거나 다른 데나 가야겠군.'

운현이 다른 곳을 가겠다고 하니 그제야 정신을 차린 것인가?

"하…… 이거 참. 알겠습니다. 제대로 된 것을 가지고 갈 터이니…… 다른 곳은 가지 마시지요."

이거 봐라? 운현의 팔을 잡고 가지 말라고 하는 것을 보아하니, 냉정을 잃은 모습이다.

처음에 보였던 여유로운 모습이 어디로 다 사라져 버렸다.

'뭔가 하나 켕기는 게 있다는 거군.'

그게 뭘까? 잠시 생각을 하던 운현은 무엇이 흑점주에게 문제인지를 깨달았다.

"호오…… 이거 보아하니, 다른 곳에 가서 이야기라도 하면 곤. 란. 하나 보지요."

"아니⋯⋯ 그럴 리가."

"그래요? 그럼 곤란할 것도 없다면⋯⋯ 가도 되겠습니다?"

"하⋯⋯ 졌습니다. 졌어. 이거 거래 하나만큼은 깔끔해야 했는데⋯⋯ 제가 욕심을 부렸습니다."

역시 어느 조직이든 조직이 유지되기 위해서는 지켜져야 할 것이 있는 것이다.

범죄 카르텔이나 다름없는 흑점이니, 그들은 그들끼리의 규칙만큼은 확실히 지켜야 할 것이다.

그렇지 않고서야 점조직이자, 암거래를 하는 흑점이 하나의 이름으로 모일 수 있을 리가 없지 않은가.

그럼에도 불구하고, 눈앞의 놈은 한 탕 해먹으려다가 걸린 것이다.

'아주 잘 걸렸다.'

이대로라면 거래가 아주 깔끔하게 될 듯했다. 운현 자신에게 아주 유리하게!

"커흠⋯⋯ 어디 이야기를 좀 해볼까요? 외공도 좀 필요하고. 검법도 다듬을 만한 거에⋯⋯."

외공, 검법, 권법, 더불어서 중소문파들의 여러 수련 방법. 겸사겸사 영약에 관한 것들까지 구해 보는 운현이었다.

비싼 가격? 상대가 한 번 후려치려다 실패했으니, 이제는 이쪽이 후려쳐야 할 때가 아니던가?

 명심하라. 호구 낚으려다 실패하면 자신이 호구가 되는 것이다.

 그날 운현은 제대로 된 호구를 낚았다!

* * *

 운현이 거래를 하고 나선 지 한참 되었음에도 고 표두와 김 표두의 표정은 달리 변한 것이 없었다.

 "역시 핏줄은 어쩔 수 없는 거로군요?"

 "예? 갑자기 핏줄이라뇨?"

 "국주님도 거래를 할 때면 평상시랑 다르다 이 말입니다. 아주 쏙 빼닮으셨습니다."

 "그래요?"

 자신의 아버지가 거래를 하는 것을 본 바는 없다.

 표행 의뢰를 받을 때야 의뢰를 하는 자가 갑이니, 굽실거리느라 힘든 모습만 봐왔을 뿐이다.

 그런데 거래라?

 "아. 도련님은 잘 모르시나 봅니다? 표행 목적지에 다다르면 물건 좀 사오곤 합니다. 그걸로 부수익을 내시곤 하시죠."

"흐음…… 특산물을 챙기시는 건가요?"
"특산물이요? 그게 무언지."
"각 지역마다 잘 나오는 것 말입니다."
"아아. 그런 거야 알면 챙기곤 하지요. 그래도 그게…… 잘 아는 자들만 아는 거라……."
"정리가 안 되었다 이거군요?"
"예. 특산물이라는 단어 자체가 금시초문인 것을요. 하하. 가끔 도련님은 너무 어려운 말을 합니다."
"그런가요."
"그런 거죠."

여기는 아직 특산물에 대한 개념이 없는 듯했다. 우연찮게 나온 이야기인데 좋은 정보를 얻었다.

'아직 확실하게 특산물에 대해서 개념이 잡히지 않았나 보네…….'

아마 모르긴 몰라도, 특산물이라는 것에 대한 개념을 제대로 잡은 자는 이 시대에 별로 없는 듯했다.

고 표두만 하더라도 식견이 그리 낮기만 한 자는 아니기 때문이다.

하기야 물건을 하나 나르더라도 표국을 필요로 할 정도로 위험한 세상이 아닌가.

대부분 사람들은 자신이 나고 자란 곳에서 평생을 보내게 되니, 특산물이 뭔지도 잘 모를 거다.

그저 자신의 지역에서 찻잎이 잘 나오니, 약초가 좋으니 하는 거겠지.

'상인들은 그걸 이용해서 돈을 버는 것일 테고……다들 잘은 모른다 이거로군?'

기본이지만 좋은 정보였다.

각 지역의 특산물에 관한 정리. 그것을 확실히만 해도 이문을 꽤 남길 것 같다 느낀 운현이었다.

'흑점에서 후려치다시피 받아 온 무공서들과 지금껏 얻은 정보들을 잘만 이용하면……'

표국의 발전은 물론이고, 기 연구에 대한 큰 발전이 있을 듯했다.

* * *

"그럼 먼저 움직이도록 하겠습니다."

"그러도록 하거라. 수고했다."

아버지에게 인사를 올리는 것으로 잘 다녀왔다는 것을 보고한 운현이다.

그는 바로 자신의 방으로 몸을 움직였다. 오늘만큼은 고 표두에게 양해를 구해 무공 수련도 빠졌다.

고 표두에게 '좋은 것'을 주어서 달랜 것은 논외로 치자.

"보자아……."

영약기본총서와 영양에 관련된 책 여러 권. 그리고 금갑괴공(金甲怪功).

다른 무공 몇 개는 자신의 아버지의 손에 들어갔지만 하나의 무공과 이 영약에 관한 책만큼은 운현의 손에 주어졌다.

영약 기본 총서는 영약에 관한 종류. 그 효능에 대한 설명들이 빼곡히 들어간 책이다.

일견 별거 아니게 보일 수도 있으나, 종류와 효능을 안다는 것만으로도 운현에게는 크게 도움이 될 것이다.

영약에 관한 건 미리 진행하고 있는 일이 다 끝날 때까지는 보류다. 그 일은 생각 이상으로 시간이 걸리고 있었다.

그러니 우선은 외공에 관해서다. 게다가 의외로 외공에 관한 건 꽤나 흥미로운 부분들이 있었다.

"약물을 통해서 기이할 정도로 방어력을 높여준다 이거지."

평소 모래에 몸을 뒹굴고, 통나무로 몸을 치고 하는 외공들만 생각했던 운현이다.

아니면 상승의 것은 내공을 소모하여 외공 수련을 하는 것이라 들었다.

헌데 금갑괴공을 보니 전혀 달랐다. 그런 무식한 수련도 물론 포함이 되어 있지만, 그 기초는 약물이다.

'약물과 무공의 조합이라니…… 나 말고도 두 분야를 섞은 사람이 있긴 했군.'

역시 중원은 넓고 사람은 많았다.

내심 두 분야를 섞는 건 자신이 최초가 아닐까 생각했다. 헌데, 금갑괴공을 보니 그게 아니잖는가.

가슴어림에 조금씩 자라나던 자만심이 부끄러울 정도다.

"흐음…… 우선은 비전의 약물을 바르고 그 뒤에 다시 수련을 반복한다라? 재밌는데……."

피부 자체를 수련하는 것인가? 비전의 약물은 어떤 효과가 있는 것일까? 생각지도 못한 것들이 눈앞에 계속 펼쳐졌다.

"재료는 거의 금창약의 재료와 비슷한데? 이거 아무래도 빠른 회복과 빠른 반복이 핵심인 건가?"

수련 방법 자체는 단순무식하나, 약물이 핵심이었다. 방법은 획기적인데 직접 하자니 꽤나 꺼림칙하긴 했다.

다른 외공들은 내공을 필요로 하거나 가진바 내공을 소모해야 했는데, 이건 거의 약력이 해결해 주었다.

대신에 단순무식하고, 고통이 꽤 클 듯한 무공이다.

무림인이라고 해서, 매일같이 고통을 이겨낼 수 있는 것이 아니다. 그들도 사람이니 고통보단 편함을 택한다.

그러니 금갑괴공이 생각보다 획기적인 방법을 사용했음에도 이류의 하급 무공으로 평가됐을 것이다.

익히기가 고통스러우니, 익히려는 자들이 없어 사장 된 것이다.

"하기는 싫은데……."

내공 운기와 약의 흡수에 관한 글귀가 문제였다.

"이 수련법대로 하면 내공 연구에도 효과가 있을 듯하단 말이지. 문제는 고통인가……."

보아하니, 약물을 조절해야 할 듯싶었다.

고통을 해결하고, 그나마도 빠르게 수련을 끝낼 수 있게 되면 금갑괴공이 이류의 무공이라도 제몫을 할 수 있을 듯했다.

'개량을 해야겠군.'

무공 연구와 기 연구의 첫 합일이었다.

* * *

운현이 금갑괴공에 대해서 빠져 있는 동안 국주는 운현에게 선물을 준비하고 있었다.

"인부가 몇이나 남았는가?"

"등산현에서는 몇 없던 큰 공사인지라…… 사실 사람이 부족합니다요."

"흐음…… 그래도 열 정도만 빼게나."

"왜 그러신지요? 공사 기간이 늘어날 수도 있습니다. 안 그래도 일 년은 더 걸릴 일인데……."

표국의 공사도 공사지만 아들의 의방도 확장되어야 했다.

지금 당장이야, 환자보다는 아들의 얼굴을 구경하러 오는 자들이 너무 많아 임시 휴업을 하기는 했다.

그렇다고 하더라도 언젠가 의방을 열 것은 분명하지 않은가?

이 모든 일들이 아들 덕분에 이뤄진 것이라고도 할 수 있으니 확장을 시켜주는 것도 당연한 일이다.

"아들 녀석의 의방도 확장을 좀 해 주어야겠네."

"아아. 그런 것입니까요? 알겠습니다!"

다행히도 아들 또한 등산현 사람들의 호감을 제대로 가지고 있는 것인지, 목수들은 공사를 기꺼워했다.

"잘 부탁하겠네."

"여부가 있겠습니까?"

공사가 확장 단계로 들어서게 되었다.

국주의 선물은 이것만이 아니었다.

그는 아들이 현재 무얼 원하는지를 알았다.

바로 장인이다. 이 등산현에는 없는 실력 있는 장인을 원한 아들이다. 허나 현재 진행이 잘 되지 않고 있는 상황.

그것에 도움을 주기로 마음먹은 국주다.

"커흠⋯⋯국주님이시군요. 무슨 일이신지요? 의뢰는 잘 진행되고 있습니다만⋯⋯."

삼결 제자는 여전히 얇은 눈을 하고는 죽방에서 국주를 맞이했다.

거지가 빌어먹으러 다니지 않는 것을 보면 신기하기는 했다. 아래 거지들이 가져다주는 게 아닌가 싶었다.

그러니 거지치고는 윤기 나는 몸을 가지고 있는 걸 게다.

"새로운 의뢰를 또 하려고 하오."

"새로운 의뢰 말씀이십니까?"

"그렇소. 이번에는 아들에 관련된 것이오."

"호오⋯⋯ 무려 신의님의 의뢰 아닙니까. 덕분에 우리 거지들도 몇 살았습지요."

"허허 그렇습니까?"

"아무렴요. 아직도 고맙게 생각하고 있습니다. 얼마든 의뢰를 받지요. 무엇입니까?"

운현에 대한 호감은 거지들에게도 충만한 듯했다.

운현이야 전염이 더 되지 않게 하기 위해서 거지들도 치료를 한 것이지만 그들로서는 그 치료가 기꺼웠던 듯하다.

"장인을 구해 주시오. 자세한 것은 여기에 적혀 있소이다."

"흐음…… 마을 장인들을 통해서 수소문을 하고 있다고는 들었지만 아직 구하시지 못한 듯하군요?"

"역시 알고 있었구려."

삼결 제자가 자신의 귀에 손가락을 가져다 대며 말한다.

"여기에 다 들어오지 않습니까? 하하. 치료를 하는 데 필요한 것을 만드신다 들었으니 도와줘야죠."

"고맙게 생각하오. 의뢰비는 얼마나 주면 되오?"

"하하. 공짜입니다! 아무리 거지라도 이렇게라도 은혜를 갚아야지요. 최선을 다해 데려오겠습니다."

"이거 원…… 다들 나보다는 아들에게 호감이 가득한 거 같습니다."

말은 그리하면서도 흐뭇함이 깃든 표정을 하고 있는 국주다.

자신의 아들이 무럭무럭 장성하여 사람들에게 사랑받고 있는데 왜 아니 흐뭇할까. 당연한 일이다.

"하하. 국주님이 질투라도 하시는 겁니까? 어쨌거나 금방 구해오겠습니다."

"질투라니요. 어쨌든 부탁드리겠습니다. 그리고 이건……

기부금으로 해둡시다."

그들도 실비는 필요할 것이다. 거지라고 하지만 일을 하려면 돈이 필요할 테니까.

아무리 호의로 해 주는 것이라지만, 그런 돈이라도 챙겨주어야 했다. 그게 국주가 생각하는 도리였다.

"어이쿠야. 이거 감사히 받겠습니다."

의뢰, 확장 공사로 아들에 대한 선물을 차분히 준비해가는 국주다.

서로 말로 표현은 하지 않으나 지극정성으로 서로를 생각하는 부자(父子)였다.

第十二章
금갑괴공(金甲怪功)

"약 제조부터 해야겠군."

대부분이 금창약에 들어가는 재료들이다. 허나 특이한 것이 있기는 했다. 화신초나 가묵이 들어간다는 것이다.

이 둘은 주로 상처를 치료하기 위한 금창약에 들어가기보다는 영약의 재료로 들어가는 것들이다.

대단한 약효를 가져서 영약에 들어가는 것은 아니다.

화신초는 영약의 강한 기운을 조절하는 데에 들어가는 것이고, 가묵은 영약 흡수를 빠르게 돕기 위함으로 들어간다.

오행환에도 이 둘이 들어간다.

그 외에도 많은 약효가 있기는 하지만 위의 약효들을 위함으로 사용하는 편이다.

이를 종합해서 보면, 뻔했다.

"이거 아무래도…… 워낙에 괴이하니 약효가 빨리 돌게 하려고 하는 건가. 타당은 하군."

화신초나 가묵 자체는 그리 비싼 약재가 아니다. 때문에 싼 값에 약효를 보게 하기 위해 두 약초를 넣는 듯했다.

'그럼 반대로 이야기하면…… 약효만 강하게 하면 무공의 급수가 올라갈 수 있지 않을까?'

약빨로 하는 무공이니 가능한 주장이 아니겠는가.

"보아하니…… 돈도 문제고 지속적으로 약을 만들어야 하니 화신초나 가묵을 쓰는 건데……."

그렇다면 좀 더 약효가 강한 것들을 사용하면 도움이 더 될 것이다.

'정확히 계량(計量)을 할 수 있는 도구들만 있다면 더 쉬울 텐데…… 장인이 없으니 어쩔 수 없나.'

좀 더 좋은 계량 기구. 약학 연구에 있어 기초라고 할 수 있을 정도다.

그를 위해서 장인이 필요했다. 하지만 아무리 현의 대장장이들을 수소문해도 성과가 없었다.

아직 자신의 아버지가 장인을 구하는 의뢰를 했다는 사

실을 모르는 운현으로서는 아쉬움만 씹어 삼킬 뿐이었다.

"뭐 그럼 일반적으로 약효가 강한 것들로만 해도 약빨은 올라가겠군. 보자 그러자면……."

온갖 약재들을 이용해서 배합을 하기 시작하는 운현이었다.

운현이 약재들을 가지고 금갑괴공을 강화시키는 동안, 운현의 표국에는 많은 이들이 찾아들기 시작했다.

"이곳이 표사들을 구한다는 이통표국이 맞소이까?"

"예. 맞습니다만은…… 무슨 일이신지?"

공사를 한창 진행하던 목수들로서는 웬 무인의 등장에 약간이지만 긴장을 했다.

이통표국의 무인들이야 워낙에 살갑게 대해서 상관이 없다지만, 보통 무인은 두려움의 대상일 뿐이었다.

멋드러진 복장을 하고 있는 무사는 딱 봐도 정파의 무사로 보였다. 게다가 정중하기까지 했다.

"아아. 여기서 표사들을 구한다고 해서 왔습니다만은…… 어디로 가야 하오?"

덕분인지 긴장을 했던 목수들은 그제야 정상으로 돌아와서 답을 해 주었다.

"이쪽 안으로 들어서시면 될 겁니다. 그쪽이면 표두님이나 국주님이 계실 겁니다."

"감사하오."

"아, 예."

포권까지 올리며 가는 태도에, 목수들로서는 얼떨떨할 뿐이었다. 저런 예의 바른 무사들은 그들도 처음이었다.

"원래 정파 무사들은 다 저러나?"

"예끼. 이 사람아. 저분만 특이한 거겠지. 보통은 정파 사람이라고 하더라도 안 그러잖아?"

"하기야 것도 그렇지? 이상하기는 했네. 어쨌거나 좋은 사람들이 오는 거 같긴 하이."

그를 시작으로 해서 많은 자들이 이통표국에 몰려들기 시작했다.

그들 중에는 제갈세가에서 보낸 무인들도 있었으며, 멀리 안휘의 남궁가에서 보낸 무사들도 있었다.

다들 직계는 아니나, 제갈과 남궁의 영향을 받는 문파의 사람들이다.

이통표국에 소속되어서 표국의 분위기와 운현에 대해서 인연을 쌓아 갈 사람들이기도 했다.

덧붙여서 남궁가의 무사들을 대신하여, 남궁미가 직접 오려고 했었던 일은 일단 논외로 치기는 하자.

사람들이 많아지니 종종 문제도 발생하기는 했다.

"내가 소싯적엔 말이지. 통진검이라는 놈도 잡았다고?"

"하…… 통진검? 그게 어디에 있던 놈이냐. 그런 놈도 있었느냐?"

"아니 이놈이? 어디 한번 해 보자는 것이냐?"

자신의 명성을 올리기 위해서 비무행도 하고 다니는 무림인들이 모였으니 당연한 현상이기도 했다.

다행히도 평소 덕을 쌓아 놓은 덕분일까?

"지금부터 표국에서 소란을 일으키는 자들은 우리 개방도가 막을 것이오."

개방의 사람들이 자원해서 와서 소란을 막아 주었다.

그들로서는 자신들의 터전이기도 한 등산현이 뜨내기 무사들로 인해서 더럽혀지는 것이 싫으리라.

거기에 더해 제대로 된 인성을 갖춘 자인지에 대한 의뢰도 수행해야 했으니 겸사겸사 와서 통제를 했다.

이통표국으로서는 개방의 거지들 덕분에 한 시름을 놓은 셈이다.

"다행이라고 해야 할지…… 외부에서 도움을 받아야 하니 안 좋다 해야 할지를 모르겠군."

걱정스러워 하는 국주를 시험을 위해서 남은 고 표두가

위로한다.

"하하. 어떻게 하겠습니까? 그나마 저들이라도 있어 표행을 갈 수 있는 것이겠지요."

"그럴지도 모르겠군. 개방에서 말하기로 한 달 정도면 사람이 전부 온다고 하였던가?"

"그쯤 예상하고 있답니다."

이곳은 중원이다. 성에서 성으로 움직이는데도 시간이 걸릴 수밖에 없었다.

표국 사람이 되기 위해서 올 만한 사람들이 전부 모이는 데도 시간이 꽤나 걸릴 수밖에 없었다.

그 사이에 임시 숙소라도 만들어 놓았으니 다행이라면 다행이다.

"시험은 전에 문운파에서 했던 것을 참고로 하지."

표행을 위한 체력시험. 무력 시험. 인성에 관한 정보들을 종합하게 되면 표국에 들어올 만한 자들을 추릴 수 있을 것이다.

숫자만 채워 받아들이면 당장에 덩치는 키울 수 있으나 내실은 없을 터다.

허나 당장의 상황을 보면 사람이 필요했다. 모으지 않을 수도 없으니 지금의 방법이 가장 나았다.

"그나저나 도련님의 연구인가, 수련인가 하는 건 잘 되어 간답니까?"

"허허. 고 표두도 잘 모르는가?"

"그 외공을 연구하신 이후로는 함께 하지를 못해서 말입니다."

"잠시 시간이 필요하다고 하더니…… 꽤 오래 걸리는군. 한번 기다려 봄세나. 영특한 아이가 아닌가."

"믿기야 믿습니다만은…… 식음도 거의 전폐를 하시고 연구에만 매달려 있으니 걱정이 돼서 말입니다."

"어쩌면…… 학자의 기질을 가진 아이인지라 그런지도 모르지."

운현이 열여덟의 나이가 되고도 몇 달.

시험을 통과해서 표국의 표사, 표두들이 늘어난 지가 몇 달이 되기도 하는 시간이 지나갔다.

그럼에도 운현은 아직까지 의방을 잠시 휴업한 채로 오직 금갑괴공의 연구에만 매달리고 있었다.

금방 일을 해결해 낼 것이라 여긴 것 치고는 상당 기간이 흘러간 셈이다.

"후우…… 젠장. 처음부터 시작을 하지말 걸 그랬나…… 이것도 보통 일이 아니네."

금갑괴공에 사용하기 위한 약효를 늘리는 것. 처음에는

쉬운 줄 알았던 그것이 발목을 잡을 줄 누가 알았겠는가.
 처음에는 약효가 강한 것만 섞어서 만들었었다.
 그런데 문제가 생겼다. 바로 가격. 금갑괴공은 운현 홀로 익힐 것이 아니라 표국에 있던 사람들을 위함이다.
 표국 재정이 아무리 빵빵해졌다지만 아끼면 아낄수록 좋은 법.
 막상 재료값을 늘리면서 약효를 늘리기에는 걸리는 바가 많았다. 그러니 돈은 한계를 두고 약효를 늘릴 방안을 마련하다 보니 시간이 걸린 것이다.
 거기다 그가 원하는 바는, 수련을 더욱 쉽게 해야 하는 것도 있었으니……
 "두 가지 약이 제대로 먹혀들게 하는 것도 힘든 일이란 말이지. 후……."
 본래 있던 금갑괴공의 약효는 약효대로 늘리고, 그에 더해서 무공을 익히기 쉽게 할 필요도 있었다.
 괴공이란 이름이 붙을 만큼 무공 자체가 워낙 익히기 어려운 것이니 그 난이도를 낮추려 한 것이다.
 그래서 마취약을 만들었다. 마취를 통해서 수련의 고통을 이겨내면 되지 않는가 생각한 것이다.
 해서 제정신을 유지하면서도 피부에 있는 신경을 잠시 마취시키는 국소 마취제 비슷한 것을 만들어 냈다.

이것도 처음에는 마취약의 재료가 되는 것의 독성이 워낙 강해서 문제였다. 초기 약은 수련하다 독에 중독될 판이었다.

 그렇다고 무공을 익히게 하겠다고 마약을 쓸 수도 없잖은가?

 '그렇게 하면 괴공이 아니라 마공이나 다름없게 되지.'

 매일 같이 사용을 해야만 하는데 그리 했다가는 독성에 절게 될 수 있으니 문제인 셈.

 그것을 해결하느라 시간이 꽤나 걸릴 수밖에 없었다.

 찌고, 빻고, 약을 만들어 조려도 소용이 없었다. 환 또한 마찬가지.

 해서 어렵사리 증류가 되는 그릇을 만들기까지 했다. 독성을 죽이기 위해서 증류를 하고 희석을 시키자 그제야 독성이 사라졌다.

 현대에서도 사용하는 방식을 최대한 응용하고, 사용해 보면서 만들어 낸 셈이다.

 "별의별 짓을 다했지…… 후우."

 증류를 위한 증류기를 만드는 것도 일이었다. 말이 쉽지 이러한 것을 만들어 내는 것은 보통 일이 아니었다.

 이 부분은 탕약기를 만들어 내는 장인에게 특별 의뢰를 해서 겨우 만들었다.

"유리 장인은 아직인가……."

연구 중에 아버지에게 듣기로 장인을 수소문을 하고는 있다 들었다. 하지만 여전히 장인은 구해지지 않고 있었다.

'뭐 쉽게 구해지면 장인이 아니긴 하니까…….'

장인만 구해지게 되면 여러 가지를 만들 수 있게 될 터인데 아쉽기만 한 운현이다.

어쨌거나 독성에 절지 않은 마비약과 금갑괴공에 사용되는 약의 약력을 강화시켰으니 일차적 목적은 끝이 났다.

"이것만 활용하면 할 수 있는 게 많아질 거다."

약효를 더 빠르게 흡수하게 하기 위해서 괴공의 창시자가 만든 내공 수법을 사용해 볼 수 있을 것이다.

실제로 효과가 있는지도 그때에 가서야 확인을 할 수 있을 터다.

"증명만 되면 다른 사람들도 익힐 수 있을 거고. 좋군."

덤으로 표국의 사람들도 괴공을 익혀 강해질 수 있을 테니 이보다 좋은 결과는 더 없을 것이다.

"아버지! 드디어 됐습니다."

열여덟. 성년에 가까운 나이가 아니던가.

그럼에 아버지에게 아이같이 뛰어가는 운현이었다. 대단한 성과를 낸 것이건만 여전히 아버지 앞에서는 어린아이 같은 그였다.

*　　*　　*

　운현이 금갑괴공을 개량한 것은 표국의 표사들을 위함이었다.
　어디까지나 그는 연구용으로 약을 흡수하는 데 도움을 주는 운기법만 직접 해 보면 되었다.
　다른 표사들이 하는 것도 확인을 하면서 효용을 보면 더더욱 좋았고.
　그런데 이게 무언가.
　요 몇 달 동안 수련을 시키지 못한 것을 벼르고 있었던 것인지 고 표두가 난리였다.
　"아니 그러니까…… 왜 이리 본격적으로 익혀야 하냐고요."
　"무공에 본격적이고, 본격적이지 않은 게 어디 있습니까? 이왕 익힌 거 제대로 해야죠."
　"저는 의술에 매진할 거라니까요?"
　"허어! 어디 자소단까지 흡수하신 분이 그런 말씀을! 의술도 좋지만 무공도 하셔야 합니다!"
　"……쳇."
　그놈의 자소단. 그게 항상 문제다.

무림인들의 꿈과 같은 영약을 먹고도 수련을 안 하면 도둑놈이라는 논리는 어디서 나온 논리인가?
　일견 궤변과도 같은 논리건만, 고 표두는 그것이 진실이라도 되는 것인 양 우길 따름이었다.
　'으으…… 이겨 먹을 수도 없고.'
　자소단을 흡수하여 선천진기를 늘림으로써 역병 치료에 효과는 꽤 봤다. 덕분에 살아난 사람도 꽤 될 것이다.
　그런데 그 자소단이 이런 되먹지도 않는 논리에 수단이 될 줄이야. 통탄할 노릇이다.
　"아니…… 그래도 제겐 무공보단 의술이고…… 또 무공을 익히다 보면 의술을 수련할 시간이……."
　"허어. 말도 안 되는 소리 마십쇼! 의술도 이미 경지에 오르셨지 않습니까? 신의라고 불리시는 분이!"
　"그건 사람들이 붙여 준 허명이지요. 제가 실력이 부족하다 생각한다니까요."
　"됐습니다. 자소단이 아까워서라도 수련을 하셔야 합니다."
　반항도 소용없다. 결국 돌고 도는 쳇바퀴다. 운현으로서는 항복을 선언할 수밖에.
　"알겠어요 알겠어. 금갑기공 첫 단계부터 하면 되는 거죠?"

신이 난 표정을 한 고 표두는 미리 준비한 무지막지한 수련 도구를 들고 말했다.
 "예. 맞고 시작하는 겁니다!"
 "망할 외공!"
 과연 고 표두는 단련을 시키기 위해서 금갑괴공을 익히라 한 것일까?
 아니면 그동안의 수련을 시키지 못한 화를 푸는 것일까? 어느 쪽이든 고생 좀 하고 있는 운현이었다.

 * * *

 퍼어억. 퍽.
 금갑괴공의 단련법에 맞춰 만들어진 단련 기구가 쉼 없이 운현의 몸을 때린다. 앞뒤로 둘이나 붙어서 때리는 상황.
 "으으……."
 맞는 운현이 안쓰러워서 조금이라도 힘이 떨어지려 하면.
 "어허이. 찰지지가 않구먼."
 "예이!"
 "모두 도련님을 위한 수련이야! 그렇게 어물쩍 수련을

시키다가 나가서 칼이라도 맞으시면 어쩌나!"

"아, 알겠습니다요. 허억. 허억……."

때리는 사람마저 지칠 만큼 고 표두가 말로 몰아붙이니, 감히 살살 칠 수 있는 자가 없었다.

"흐아악……."

그렇게 한계의 한계에까지 몰아붙이면.

"그만! 어서 들어가시지요."

두 사람이 부축한 채로, 안으로 들어가는 운현이다.

'망할 마취약 성능을 좀 더 강하게 할 걸 그랬나? 아니지…… 그래도 독성이 문제잖아?'

통증이 거의 사라지고도 이 정도라니 괴공의 수련 도구를 고안한 자는 미친놈이 틀림없었다.

'사디즘이야…… 사디즘…… 사람 괴롭히려고 만든 무공이 분명하다고!'

아직까지는 맞는 것에 익숙하지(?) 않아서인지, 이 빌어먹을 수련에 대한 적응이 도무지 되지가 않았다. 특히 고통이 문제다.

"흐으……."

다른 이들의 도움을 받아 미리 준비된 사람 몸만 한 항아리에 들어가게 는 운현이다.

사막에서 물을 만난 느낌이랄까. 들어가자마자 싸한 느

낌이 그를 반기는데, 그 느낌이 그리 편할 수가 없었다.

"자자. 어서 운기법대로 돌리셔야 합니다. 그래야 약효를 빨리 받지요."

"……한다고요."

젠장. 운기법은 분명히 먹히는 듯했다.

본래라면 아무리 약을 발라도 바로 흡수가 안 되는 법인데, 이 운기법을 활용하면 흡수가 배 이상 빨라졌다.

부르르르.

약들이 빠른 속도로 운현에게 빨려 들어가기 시작한다.

문제는 이 운기법을 돌리고 약을 흡수하면 치료가 된다는 것이 문제다. 치료가 되면?

"자, 다시 시작합시다!"

또 맞아야지 어떻게 하겠는가. 본래 그러라고 만든 무공이니 어쩔 수가 없었다.

그나마 다행인 점이 있다면……

"으아아아."

"차라리 죽여! 죽이라고!"

운현과 함께 수련을 하고 있는 자들이 한둘이 아니라는 점일까?

본래부터 있던 표국의 사람들은 전부 수련을 받기로 되어 있었기에, 운현과 함께 수련을 하는 자가 꽤 되었다.

금갑괴공(金甲怪功)

지금 감독을 하고 있는 고 표두도 언젠가는 함께 수련을 해야 하는 처지가 될 터.

'그때 두고 봅시다……'

자신의 스승이기는 하나, 언젠가는 지금 하는 수련의 복수(?)를 할 다짐을 하고 있는 운현이었다.

第十三章
그만의 운기법

"후우……."

몇 달간의 고생으로 금갑괴공의 삼성에 들어선 운현이다.

본디 무공이란 것 자체가 본격적으로 익히기 시작하면 삼성까지는 금방이니, 보통인 속도다.

고통만 견뎌 낸다면야 육성까지는 무난하게 갈 듯했다. 그리되면 몸 자체가 보통의 무인보다는 굉장히 단단해 지리라.

'그래도 부족하긴 하지.'

외공을 본격적으로 익힌 자들에 비하면야 한참은 부족할 것이다.

그만의 운기법 247

허나 그런다손 치더라도, 안 익힌 것보다는 나았다.

일, 이년 본격적으로 무공을 익혀 치명상만 피할 수 있다면야 그 정도 투자를 하는 것은 일도 아니다.

특히나 표국 사람들의 경우에는 매일같이 표행을 나가야 하지 않는가. 안전만 보장되면 뭔들 할 사람들이었다.

"이걸로 중상도 찰과상 정도로 받겠지요?"

"아무래도…… 비껴 맞기만 하면 어지간한 중상은 피할 수 있을 겁니다. 확실히 좋지요."

"생존력이 올라가겠군요."

운현과 같이 수련을 하던 다른 표사들도 덕분에 득을 보았다.

"뭐 편법인 방법이긴 합니다만…… 도련님 말대로 하면 좋은 게 좋은 거겠지요."

"편법이요?"

"보통은 진신 무공 한, 둘만 정해서 익히잖습니까? 하하."

고 표두의 말대로 보통은 그렇다. 한 우물만 파라는 말은 중원의 무림에서도 통용되는 말이다.

평생을 한 가지 무공을 대성하기 위해서 보내는 사람도 적지 않았다.

"아아. 그거라면야…… 대단한 무공을 가진 사람들이나 그런 거고요. 우리 같은 사람들은 이렇게라도 살고 봐야 하지 않겠어요?"

"그렇지요. 그러니 국주님이나 저나 반대를 안 한 거고요. 하하."

"뭐 이 정도라면…… 일단 된 거 같습니다."

"그럼은요. 앞으로도 꽤 굴러야 할 테지만…… 우선은 된 거죠."

앞으로 수련을 계속하기는 해야 할 것이다. 고통스럽기는 하더라도, 해야 했다.

표국에 새로 들어온 표사, 표두들의 무공이 전에 있던 사람들보다는 높았다.

표국의 본래 사람들이라고 하더라도 그런 자들보다 실력이 떨어지게 되면 무시를 받는 것은 당연한 일일 터.

그러한 일을 대비하기 위해서라도 여러모로 강해지는 것이 나았다.

"이제 막 들어온 사람들은 나중에 상황을 봐서 가르치도록 하고…… 그럼 우선 전 가보겠습니다."

"예. 들어가시지요."

지난 몇 달간 괴롭힌 것(?)이 있어서 인지 고 표두는 금방 운현을 보내주었다.

오랜만에 일찍 수련을 끝낸 운현이다. 물론 그렇다 하더라도,

"제대로 해 주셔야 합니다."

"아무렴요!"

고 표두의 수련을 맡은 다른 표두들에게 고 표두의 수련을 살벌하게 하라 부탁하기를 잊지 않았다.

당한 것이 있으니 갚기는 해야 하는 것이다.

어쨌거나 평화로운 나날 가운데 발전해 가고 있는 운현과 표국 식구들이다.

*　　*　　*

"보자……."

금갑괴공은 다른 무공들에 비해서 익히기 쉬운 무공이었다.

워낙에 무공서에 적힌 수련 방법에 대한 설명이 친절했다.

보통은 지독한 은유를 통해서 제대로 익히지 못하게 하는 것치고는 반대되는 일이었다.

이유는 있다. 무공의 창한 자도 이 무공을 제대로 익힐 자들이 많지 않다고 생각했을 것이다.

약을 구하는 것도 일이다.

하지만, 더 어려운 것은 그 약을 먹는다 하더라도 수련 방법 자체가 워낙 고되다는 게 문제였다.

다른 외공들과 수련 방법 자체가 너무 달랐다.

다른 외공들은 주로 내공 심법을 이용하여 내공부터 올린다. 그러곤 내공을 제 물삼아 외공에 투자를 하고 몸을 강화한다.

그런 방식을 통해서 보통 사람의 몸과는 전혀 다른 강한 몸과 방어력을 가지게 되는 것이다.

물론 다른 외공심법도 피부 자체를 단련하기 위해서 수련하는 것도 있기는 하다.

'그래도 이렇게 무지막지하지는 않지……'

허나 그런 무공들은 피부 단련 자체가 중심이 아니었다. 하루에 일정량 이상만 하면 된다 이것이다.

헌데 금갑괴공은 피부 단련 후 반복, 단련 후 반복이 수련의 구 할 이상이니 더 말할 것이 뭐 필요할까.

한 마디로 미친 수련법이 금갑괴공의 수련법인 셈이다.

"흐음…… 단순한 반복 가운데 성과를 얻으니…… 효율만 놓고 보면 좋은 무공이지. 게다가……."

운현 나름으로는 금갑괴공을 통해서 얻을 만한 것이 있었다. 바로 운기법.

운기법을 통해서 약효를 빠르게 흡수한다고 하는 것은 운현으로서도 생각하지 못한 방법이었다.

그는 서책에 자신이 얻어간 것을 적어가면서 꾸준히 정리를 해 나갔다.

"운기법을 통해서 직접 약력을 흡수한다는 것은 외부의 것을 흡수하는 방법을 운기법으로 만든 거겠지."

빠른 흡수. 빠른 약효는 약학 제조에 있어서 중요한 부분이다.

당장에 아픈 사람에게 빠른 약효는 그 무엇보다 중요한 게 당연하잖은가. 1분만 더 빨리 흡수돼도 1분 빨리 고통에서 벗어나게 된다.

이에 관해서 연구를 해 나가는 운현이다.

"흐음…… 운기법 자체를 쉽게만 만들면 다른 이들도 약 흡수에 사용할 수 있지 않을까?"

그리 되면 많은 이들이 약을 빠르게 흡수하여 도움이 되지 않을까.

하나 이 방법은 단점이 있다. 운기를 할 수 있는 무림인만 사용할 수 있을 터다. 운기를 못하면 무용(無用)한 방법이다.

"그럼 진기도인을 이용해서 내가 약력을 빠르게 흡수할 수 있도록 도우면 되겠군."

이 방법은 좋았다.

비록 자신의 손길이 닿는 자들만 가능하겠지만, 무공을 사용하지 못하는 자들도 빠르게 흡수할 수 있도록 하면 좋지 않겠는가?

그리되면 환자들을 치료하는 것이 훨씬 수월해질 것이다.

"좋아. 이 방법에 관한 연구도 해야겠고······."

진기도인을 통한 약력의 상승과 빠른 흡수.

제대로만 연구를 해서 정리가 되면 꽤 도움이 될 것이다. 아직 더 연구는 해야 하지만 무공을 통한 의술에 발전을 하나 얻었다고 할 수 있겠다.

게다가 그가 이번 수련을 통해 얻은 것은 이것만이 아니었다.

"역(易) 운기법."

약력을 빠르게 흡수한다는 것은 달리 말하면, 외부의 것을 안으로 빠르게 가져온다는 것이 된다.

이것을 역으로 돌리게 되면?

"진기를 좀 더 빠르게 움직일 수 있게 된다."

금갑괴공의 창시자가 의도한 바인지는 모르나······ 실제로 괴공의 운기법을 역으로 돌리니 바로 가능했다.

위험하지도 않았을뿐더러, 이 역 운기법을 반복하기만 하면 내공의 수발이 점차 빨라졌다.

흡수하기 위해 만든 것이 되려 기를 발출하는 데 도움이 된 것이다! 생각지도 못한 이득이었다.

역병 환자들을 통해서 진기도인을 쉼 없이 했던 운현으로서는 안 그래도 내공 수발이 빨랐다.

워낙 많은 자들을 치료했으니 이는 당연한 일.

"덕분에 일류까지는 금방 오게 되었다. 생각지도 못한 득이다."

삼류와 일류의 차이는 내공의 수발을 얼마나 자유로이 하느냐다. 내공의 수발을 자유로이 하게 되니 일류가 되는 것은 금방이었다.

사람을 치료하기 위해서 해 왔던 모든 일들이 그의 무공 수련에 도움이 된 것이다.

"정리하자면…… 무공을 통해서 의술에 도움이 되기도 하고, 의술이 무공에 도움이 되기도 한다는 건가."

서책에서 노닐던 그의 붓이 마지막 두 글자를 적는 것으로 마무리가 된다.

상생(相生).

무공 수련, 역병의 치료, 의술, 약학.

그 모든 것들은 따로 노는 것이 아니었다.

그로서도 경지가 높지 않기에 아직 확실한 것은 아니나, 이번 일로 증명이 된 것일지도 몰랐다.

무공, 약학, 의술은 서로 간에 상생을 했다.

하나를 익힌다 해서 다른 하나가 떨어지는 것이 아니라, 하나를 익히면 다른 하나 또한 능력의 상승을 보였다.

이것이 상생이 아니고 무엇이겠는가?

"좋군."

장인을 구하지 못했으니 약학을 좀 더 세밀하게 닦기는 힘들다. 흑점에서 영약에 관한 것을 얻었다 해도 문제였다.

기구가 있기 전에 실험은 아직이다.

의술 또한 새로운 의학서를 새로 구해야 할 판이었다. 더군다나 왕 의원이 물려준 것도 아직 확실히 소화를 해내지 못했다.

대단한 의서는 아니었다고 하더라도 어쩔 수 없는 일이었다. 한의학이 그리 쉬웠으면 누구나 의원을 했으리라.

'가야 할 길이 멀다.'

의술과 약학을 익히는 것만으로도 평생을 바쳐야 할지도 모른다.

명의가 되는 것은 더더욱 그러했다. 신의란 말을 듣고 있어도 자신이 신의에 도달하지 못했음을 이미 안다.

정말로 신의였다면 스승인 왕 의원도 살렸으리라.

그 정도는 바라지도 않았다. 그저 왕 의원의 유언만 들어줄 수 있는 명의 정도가 되면 그것으로 족했다.

'그러자면 역시 무공과의 상생과 조화로군…….'

무공과 약학, 의술을 합일하게 되면 자신만의 길이 있을 듯했다.

서로 상생을 하면 생각 이상으로 큰 효과를 볼 수 있을 듯하지 않는가. 그러니 다음 목표는 정해져 있었다.

"다른 무공들의 연구……."

흑점에서 구해 온 다른 무공들이 필요했다.

"금갑괴공을 제외하고는 세 개인가."

중의원검(重意元劍), 항의운검(行義雲劍), 삼리일보(三里一步).

두 가지는 검공이며, 다른 하나는 보법이다. 제각기 강력한 무공은 아니지만 그렇다 해서 부족한 무공들도 아니었다.

중의원검은 이름 그대로 오직 중검만을 중점으로 두는 무공이었다. 무거움. 그 하나로 설명되는 무공이다.

항의운검은 그와 반대로 쾌의 무공이었다.

빠름 가운데, 검으로 이루어진 구름을 만들어 내었을 때에야 대성을 한다고 알려진 무공이다.

삼리일보는 이름 그대로 경공이다.

단 일보에 삼 리를 걸을 수 있다는 무림다운 과장이 섞인 무공이지만, 속도는 대단하지 않았다.

대신 이름과 다르게 꾸준히 경공을 펼치는 데는 도움이 되는 무공이었다.

국주인 그의 아버지로서도 새로운 무공을 연구하고 창안

하는 데 도움이 될 만한 무공들이었으며, 그에게는 의술의 밑바탕이 될 만한 것들이었다.

"해볼까나……"

그가 좀 더 무공에 빠져들기 시작했다.

* * *

"……반은 실패했습니다."

제갈가에서는 감히 실패를 논하지 않는다.

그들은 자신들만의 이성을 기반으로 많은 성공을 거둬왔다. 실패 이전에 성공을 하는 자들이 그들이다.

그런데 그런 자들이 실패했다. 그것도 제갈가에서도 가장 능력이 높은 자들이 있다 하는 지원당에서!

그러니 가주에게 보고를 올리는 지원당주 제갈민의 표정은 어두울 수밖에 없었다.

"허어? 무엇을 실패했는가?"

"이통 표국에 사람을 심는 것에 반을 실패했습니다. 여섯을 심으려 했으나 셋만 성공했습니다."

"철의방의 무사들로 부족했던 것인가?"

철의방. 외공과 내공의 조화를 추구한 문파다.

그들의 무공을 익히게 되면 자연스레 철의(鐵衣)를 입은 듯 몸이 단단하게 된다.

거기에 더해서 몸의 내공으로 빠름까지 더해지는 게 그들이 가진 무공의 기본이다.

단단한 몸과 빠른 몸.

무공의 기초이지만 기초에 충실한 만큼 약하지만은 않은 중소문파다. 기본 이상의 강함에 부상도 잘 당하지 않으니 그들을 찾는 자들은 많았다.

그들이 표국으로 자원을 하게 되면 그 어떤 표국이든 받아줄 것이 분명했다. 아니, 그동안 모두 그랬다.

그래서 제갈가의 가주나 지원당 당주로서도 실패는 가늠치도 않았다. 그런데 실패를 했단다.

"이유가 뭔가?"

"개방의 방해가 있었습니다. 정확히는 그들의 의뢰 때문입니다."

"의뢰?"

"예. 이통표국으로부터 사람을 가리라는 의뢰를 받았답니다. 해서 세 명이 제외되었습니다."

"허어……."

철의방은 제갈가의 하위 문파나 다름없다. 하지만 동시에 제갈가의 궂은일을 도맡아 하는 곳이기도 했다.

겉으로는 정파를 표방하기는 하나, 때때로 검은 일에 동원이 되고는 했다는 말이다.

 평소 정보를 다루는 개방에서는 알면서도 넘어가는 부분이기도 했다. 허나 이번만큼은 개방에서도 그런 자들을 걸러낸 듯했다.

 "의뢰만큼은 착실히 하는 자들이니…… 어쩔 수 없었겠군."

 "예. 하지만 개방에까지 의뢰를 넣을 것이라고는 생각지도 못한 제 불찰입니다."

 "아니네. 어느 표국이 표사를 구하면서 사람을 가리겠다고 개방에 의뢰를 넣겠는가. 보통 이상의 수였네."

 "……."

 가주가 위로를 하지만 지원당주로는 자존심이 조금 상한 듯했다.

 하기야 생각지도 못한 작은 일에 실수를 했으니 그가 그러는 것도 당연했다. 속이 좁은 자는 아니나, 어쩔 수 없는 부분이다.

 "셋만으로도 충분히 인연을 심는 것이 가능하지 않겠는가?"

 "전의 수준이었다면 그랬을 것입니다. 단순히 연만 닿아야 했다면 말입니다."

 지원당주의 말은 들어보아야 했다. 가주가 묻는다.

그만의 운기법 259

"이제는 달리 생각하는가?"

"예. 표사를 모집하는데 의뢰를 할 정도라면…… 이번 또한 저희 예상 이상의 일을 한 셈입니다."

"그것도 그러하군……."

두 번이나 제갈가의 예상을 깬 이통표국이다.

국주가 그런 것인지, 신의라는 아이가 그리 한 것인지는 몰라도 확실히 주시를 해야 할 필요는 있었다.

그것도 전보다 더 해야 했다.

제갈가로서는 미리 대비를 하지 않으면 언제고 손해를 볼 수 있음을 알기에 당연히 해야 할 행동이었다.

"그들에 대한 주시 등급을 삼급에서 이급으로 올리겠습니다. 마음 같아서는 일급으로 하고 싶으나…… 아직 규모가 작기에 이급입니다."

"흐음…… 일급으로 올려도 되지 않겠는가?"

"기준에 맞지 않습니다. 아시잖습니까. 지원당은 '기준'이 그 무엇보다 중요합니다."

"그것도 그렇군. 알겠네. 대신에 개인적으로 따로 신경은 쓰게나."

"여부가 있겠습니까? 제대로 주시를 하고 있겠습니다."

제갈가에서 이통표국을 더욱 주시하기 시작했다. 그것이 득이 될지 화가 될지는 아직 모르는 일이다.

허나 제갈세가로서도 감히 이통표국을 직접적으로 건드리지는 못하리라.

그들의 뒤에는 구파일방 중 하나인 무당파가 있으니 말이다. 어디까지나 주시와 인연을 쌓는 것이 그들로서는 최선이었다.

확실히 이통표국은 제갈세가가 주시할 만큼 세를 키워가고 있었다.

"맡겠습니다. 표두 둘을 붙여 주지요."

"가능하겠습니까?"

"허허. 새로운 표두들이 잘 하고 있습니다. 염려 마시지요."

전에는 받지 못하던 규모가 큰 표물도 곧잘 맡게 되었다. 표국 사람들이 배 이상 늘어버리니 가능한 일이었다.

표두만 하더라도 무려 열이나 된 이통표국이다. 아직도 지원을 오는 자가 종종 있으니 몇 년이면 표두만 더 늘어나게 될 지도 모른다.

표두 하나당 이십의 표사가 붙게 되니 표사만 이백이 넘는 표국이 되는 셈이다.

표사 삼백이 넘고 나서부터는 거대 표국이라는 말도 종종 듣고는 한다.

지금은 아니더라도 시간이 흐르면 이번 대에 이통표국은 거대 표국으로 올라설지도 몰랐다.

표국에 새로 들어온 자들이 표행에 집중을 하는 동안, 본래부터 표국에 있던 자들은 수련 삼매경이었다.

"하나에 기(氣)를 심고, 둘에 체(體)를 단련한다!"

"하아압!"

누군가는 검을 휘두른다.

나이를 먹어 아이처럼 빠르게 무공을 익힐 수는 없으나, 그 형(形)을 익히는 것만으로도 충분히 도움이 되었다.

"빌어먹을! 어서 쳐!"

"젠장…… 끝내기나 하자고."

퍼어억. 퍼억.

또 누군가는 생존을 하기 위해서 금갑괴공에 매달리고 있었다.

타고난 빠른 몸이나, 내공을 익히는 데 높은 재능을 가지지 못했으니 그를 대신하여 외공이라도 익히는 것이다.

적어도 이들은 내공이나 타고난 몸은 없어도 인내심만큼은 갖춘 자들이었다.

"왼쪽으로 두 보, 다시 오른쪽으로 한 보."

또 누군가는 빠른 몸을 단련하는 데에 투자를 했다. 삼리일보를 극으로 익히기 위해서 몸을 움직이고 있는 것이다.

"허허…… 제대로 되어 가고 있군."

"확실히 그렇습니다. 도련님이 구해다준 무공이라고 하니 다들 열심히입니다."

"이번에도 그 아이 덕분인가……."

"다들 마음으로부터 따르고 있지 않습니까?"

"허허……그 아이의 복인 게지."

고 표두의 말대로 운현에 대한 표사들의 믿음은 절대적이었다.

본래부터 표국에 있던 자들 대다수는 국주에 대한 믿음만큼이나, 운현을 믿을 정도였다. 어쩌면 그 이상이기도 했다.

왜 아니 그러겠는가?

운현은 그들을 위해서 병 수발을 들었다. 오물을 치웠으며, 토하는 것을 받아 준 자다. 치료에도 전력을 다했다.

말이 아닌 행동으로서 자신들을 치료하고, 위하여 주었는데 따르지 않을 리가 없었다.

"새로 들어온 신입들이 무공을 익히는 것에 대해서는 말이 없던가?"

"제대로 인성을 갖춘 자들이어서 그런 건지…… 아니면 국주님이 잘해줘서인지 별 말은 없습니다."

본래 표국에 있던 자들보다, 새로 들어온 자들이 많은 표국이다.

그런 상황에서 본래부터 표국에 있던 자들만 무공을 가르치고 있으니 불만이 생길 수도 있었다.

때로는 이런 시샘이라는 것이 조직을 와해시킬 수도 있는 것이기에 국주로서는 신경 쓰는 게 당연했다.

"흐음…… 운현의 말이 맞아 떨어진 덕분이겠지."

"예. 성과를 가지고, 충심을 다한 자들에게는 길이 열리게 되니 당연한 겁니다."

"그럴지도……."

표국에 정성을 다하라. 성과를 쌓아라.

쉬운 말이나 실제로는 그 기준을 잡기 힘든 말이기도 했다. 허나 운현은 그러한 기준을 국주에게 제시했다.

첫째로, 오 년 이상 표국을 위해 일을 한 자는 무공을 익힐 수 있게 될 것이다.

둘째로, 표국에 생각지도 못한 큰 공을 가져 온 자들도 무공을 익힐 수 있게 될 것이다.

이 밖에도 표행에 대한 성과급이라든지 그들에 대한 기본적인 대우 등 여러 가지로 기준을 세운 운현이다.

단순한 방법이지만 바로 보여지는 보상이기에 표사들에게 효과가 있었다.

굳이 무공이 아니더라도, 다른 표국보다 대접이 후하니 불만이 생기려야 생길 수 없는 구조였다.

"녀석이 상재에도 재능이 있을 줄은 몰랐네만……."
"천재지요. 가끔 보면 전혀 생각지도 못한 짓을 하신다니까요."

운현이 하는 일은 표국의 중심이 되는 일이 된 지 오래다. 그가 무공을 연구하기 시작하면서 조금씩 성과가 생기기도 할 정도다.

내공을 수발하는 방법으로, 금갑괴공의 운기법을 역으로 이용하여 수련하는 것도 그 성과 중에 하나다.

구파 일방과 같은 거대한 문파들로서는 별거 아니게 볼지 모르나, 이통표국으로서는 큰 성과였다.

그러니 그 아이가 하는 것에 집중하는 것은 당연했다.
"그래. 요즘에는 무엇을 하고 있나?"
"무슨 기구를 만든다고 하십니다. 하하."
"……기구라."

그가 또 새로운 일을 벌이고 있었다.

第十四章
장인을 구하다

"한춘석이라 합니다."

투박하기 그지없는 목소리다.

또한 운현 때문에 멀리 이곳에까지 온 것이 못내 마음에 들지 않는 듯 퉁퉁대는 목소리기도 했다.

그와 인연이 있던 자가 이번 역병 사태에서 운현의 치료를 받지 않았다면 영영 안 올 사람이기도 했다.

하기야 장인이라는 자들은 자기 고집이 강한 자들이지 않는가.

누구 못지않은 고집이 있는 자들이기에 실력을 키워 장인이 되는 것이다. 당연한 이야기였다.

때로 그런 고집이 잘못 발휘되어 고집만 센 벽창호라고 불리기도 하지만 그게 그들의 장인다움이었다.

"예. 저는 운현이라고 합니다."

"들어 알고 있소이다. 왜 굳이 저를 찾으신 겁니까?"

"유리와 철을 한 번에 만질 줄 아는 자는 많지 않기 때문입니다."

무슨 사연이 있는 것인지는 몰라도 다리 한쪽을 절고 있는 한춘석은 유리 장인이자 대장장이다.

한번에 두 가지라니.

중원의 많은 사람들이 한 가지 기술도 제대로 전수받지 못하는 것을 생각하면 대단한 일이다.

또한 지금껏 운현이 구상한 것을 새로이 만들기 위해서는 그의 도움이 절실히 필요로 하기도 했다.

"흠…… 신의라 들었는데 장신구라도 필요하신 겁니까? 아니면 어디 좋아하는 처자라도 생겨서 그런 겁니까?"

이 시대의 유리는 동서양을 막론하고 귀족 혹은 고위층들의 장식으로나 쓰였다. 그가 그리 생각하는 것도 무리는 아니다.

허나 운현이 그런 이유로 그를 찾았을 리가 없지 않은가. 그가 아니라는 듯 고개를 저으며 말했다.

"그런 거라면 단지 구입만 했으면 되겠지요. 저는 기구를 만들려고 합니다."

"기구요?"

"예. 기구요. 사람을 고치기 위한 기구들을 만들고 싶습니다."

만들어야 할 것들이 많았다. 의료 기구와 실험용 기구만 하더라도 꽤나 많은 종류가 필요하다.

그가 조금 누그러진 목소리로 물었다.

"허어…… 사람을 치료하기 위한 기구라니. 진짜입니까?"

"예. 거짓말을 할 이유가 무엇 있겠습니까?"

그제야 벽창호인 한춘석이 진지하게 묻는다.

"유리로 만든 기구는 튼튼할 수가 없습니다. 쇠로 만든 기구야 다른 이들도 충분히 가능할 겁니다. 그래도 제가 필요합니까?"

"물론입니다. 때문에 장인들이 필요로 하는 것도 미리 만들어 놨을 정도입니다."

"허어…… 그렇게까지."

의방 확장 공사를 하던 당시 운현은 따로 연구실과 비슷한 것을 만들었다.

그에 더해서 대장장이가 쓸 만한 곳도 만들었다. 모두 앞으로 만들 기구들을 위함이다. 그렇기에 장인들이 필요하기도 했다.

'시대를 뛰어넘는 기술은 무리지만…… 흉내 정도만 내도 충분히 도움이 될 것이다.'

아니, 필요 정도가 아니다. 자신의 능력을 발전시키는데 장인의 도움은 필수였다. 꼭 있어야만 했다.

항시 장인이 필요한 셈이다.

덕분에 조건도 많았다. 일가 피붙이가 없는 자였으며, 유리 장인인 동시에 철을 다룰 줄도 알아야 했다.

피붙이가 없어야 함께 할 수 있을 것이며, 둘 모두를 해야 함은 기구를 만들기 위함이다.

운현으로서는 그가 꼭 필요하기에 간곡하게 말을 했다.

"그러니 도와주시지요. 고된 일인 것은 분명하나…… 보람찬 일이 될 것입니다."

"정말…… 사람을 살리는 데 도움이 되오?"

"예. 분명히요. 만민을 구한다고는 말 못하지만 적어도 제 손 닿는 이들을 치료하기 위해 노력할 것입니다."

"흐음……."

말보다는 행동이, 능수능란한 언변보다는 진심이 중요한 것인가. 한춘석이 한참을 두고 운현을 바라본다.

모든 진실을 가릴 수 있다는 듯 오직 눈만을 바라보고 있었다. 운현 또한 그의 눈을 피하지 않고 한참을 바라봤다.

"좋수다. 내 여기 오기 전까지만 해도 철없는 도련님의 장신구나 하나 만들어 줘야 하는 줄 알았더니 그게 아니었구려. 어디로 가면 되오?"

"제 의방입니다. 미리 머무실 곳도 마련해 두었습니다."

"뭐…… 그런 거야 알아서 했겠지. 나야 이 몸 하나 누일 정도만 있으면 될 일이고."

"하하. 그럼 가시지요. 꽤나 고되실지도 모르겠습니다."

"크흠…… 이 망할 놈 손이 사람 구하는 데 쓰인다는데 얼마든지 합시다."

제대로 된 장인을 만났다.

＊　　＊　　＊

유리의 역사는 상상 이상으로 길다.

중세 정도가 아니라 기원전에서부터 사용되었으니 중원에 유리 장인이 있는 것도 무리는 아니었다.

물론 희귀하기는 했다. 그러니 장인을 구하는 데 근 일 년에 가까운 시간이 걸린 것이다.

"여깁니다. 이곳이 머무르실 곳이고, 이곳에서 작업을 하시게 될 겁니다. 그 옆엔 제가 있구요."

안내를 받자마자, 그는 자신의 몸 하나면 모든 것이 된다고 여긴 것인지 바로 일을 시작하려 했다.

"뭐부터 만들면 되오?"

"우선은 연구하기 위한 기구들부터 만들지요."

운현은 자신이 지난 몇 달간 구상한 것들을 미리 그려 놓았었다. 설계도의 수준은 아니지만 설명을 덧붙일 것이니 그 정도면 충분하기도 했다.

"이게 뭐요? 그릇 아니오? 이런 걸 뭣 하러 유리로까지 만드오? 사람 치료하는 데 이게 쓰이긴 하오?"

그가 한 번에 여러 가지를 물었다. 사람 구하는 데 쓴다고 하였지만 아직까지도 의문이 들긴 하는 듯했다.

운현은 귀찮은 내색도 없이 그에게 설명을 해 주었다.

"보시지요. 여기 눈금 부분이 있지요?"

"그렇수다."

"이게 중요합니다. 이 눈금 부분이 정확한 양을 측정하는 데 쓰일 부분입니다."

"흐음…… 그걸 하면 뭐가 좋소?"

"재료 배합에 중요하지 않겠습니까? 약재를 배합할 때도 충분히 도움이 됩니다."

그는 장인이자, 유리를 만드는 자이기에 그러한 것인지 바로 이해를 했다. 머리가 나쁜 자는 아닌 셈이다.

"흐음…… 하기는 제대로 배합을 하면 좀 더 나은 것이 만들어지긴 하지. 허나 장인이라면 그리 안 하지 않는가?"

"하하. 저는 장인이 되고자 하는 게 아닙니다. 정확한 배합하에 최대한 효과 있는 것을 만들려 하는 거지요."

"흐음……."

운현이 만들려는 것은 일종의 비커이기도 했으며, 측정기구기도 했다.

일정 간격마다 유리에 홈이 파이게 할 생각인데, 이렇게 하게 되면 정확한 측정이 가능하게 된다.

'눈금이 정확하게 하는 거야 장인이니 가능할 거라 여길 수밖에.'

물론 염려되는 것이 전혀 없는 것은 아니다. 사람이 만드는 것이기에 완전히 정확하지 않을 수도 있다.

하지만 없는 것보다는 나으니 간단한 것부터 만들게 하는 것이다.

'그 다음에는 차차 어려운 것들을 시키면 되겠지.'

쉬운 것부터 시키는 것은 그가 한춘석에게 하는 일종의 시험이기도 했다. 이걸 할 수 있느냐 능력을 묻는 것이다.

"가능합니까?"

"물론. 가능하오. 더 복잡한 장신구도 만드는데 이거라고 못 만들 리가 있겠는가?"

시험받는 듯한 분위기에 기분이 상하기라도 한 것인가. 장인은 장인인 듯했다.

장인을 구하다

'그래도 능력은 확실한 듯해서 다행이군.'

운현은 바로 그에게 제작을 해 달라 부탁했다. 그가 바로 만들어 준다면 지난 시간 동안 하지 못했던 것을 할 수 있으리라.

석회석, 납석, 규석 등을 가지고 그가 움직이는 것을 한참 바라보고 있으려니 그가 뒤를 돌아보며 말했다.

"뭐 하오? 무공만큼이나 중요한 게 기술이오. 어서 물러나시오."

하기야 한춘석이 하는 모든 행위가 기술이고 비법이다. 그가 하는 것을 보는 건 예가 아닌 것이다.

장인을 구했다는 사실에 중요한 사실을 잊고 있던 셈이다.

"아아…… 실수했군요. 죄송합니다. 그럼 먼저 나가보겠습니다."

"알겠수다. 여기 그려진 것을 전부 만들려면 이십 일 정도는 주셔야겠소이다."

생각보다 빠른 기간이다.

"아무렴요. 그럼 그때 뵙겠습니다."

"멀리는 안 나가오."

그의 투박한 손에 꿈에서나 기다리던 기구가 만들어지기 시작했다.

＊　　＊　・＊

 이십 일하고도 하루가 더 지난 뒤에서야 완성이 되었다.
 "햐아…… 이거 제대로군요."
 "판을 만드는 데 조금 시간이 걸리기는 했지만 어쨌든 성공했소."
 한춘석은 지난 시간 동안 일에 열중하느라 제대로 쉬지도 못하였는지, 지친 기색이 역력했다.
 운현의 경우에도 그가 기구를 만드는 동안 다른 여러 가지 것들을 더 구상하느라 바쁜 시간을 보낸 상황이었다.
 둘 모두 초췌하다는 소리다.
 허나 눈만큼은 둘 모두 반짝였다. 지금의 상황을 즐기고 있는 것이다.
 "이 정도면 되오?"
 "예. 확실히 이 정도라면 계량을 하는 데 정확함이 더해지겠지요. 고생하셨습니다."
 "커흠. 다음에는 뭘 하면 되오?"
 칭찬에는 쑥스러운지 그가 괜히 헛기침을 한다.
 "이 기구들을 통해서는 약을 정확히 제조하거나 연구를 할 것입니다만…… 그 이전에 제대로 봐야겠지요."

"제대로 본다라?"

"예. 이걸 만들 수 있겠습니까?"

"흐음…… 이건 또 무슨 용도요?"

"작은 것을 크게 볼 수 있게 하는 겁니다."

길이를 조절할 수 있게 만든 두 개의 원통과 두 개의 렌즈. 일견 간단해 보이는 것이지만 초기 형태의 현미경이다.

운현은 균에 관한 것을 관찰을 하기 위해서 현미경을 만들기를 원했다.

운현은 현미경을 얻기 위해서 그에 관련된 여러 가지 설명을 계속했다. 렌즈에 관한 설명, 원통을 통한 배율과 초점 조정까지.

이해하기 힘들 법도 하건만 한춘석은 그대로 듣고 이해를 해 나갔다. 확실히 그도 보통 사람은 아니었다.

허나 만드는 방법을 이해했다고 하더라도 그 필요성에 대해서는 의문이드는 듯했다.

"그게 무슨 소용이 있소?"

운현도 잠시 설명이 막혔다.

'어쩐다…….'

균에 관해서는 보여주기 전까지 믿지 않을 것이다. 아니 이 원시적인 것으로 균을 보게 하는 것이 가능할지는 아직 운현도 몰랐다.

대신에 다른 효과들은 설명을 할 수 있지 않겠는가. 좀 부족하기는 하겠지만 설명을 보태는 운현이다.

"있습니다. 예를 들면 이런 겁니다. 아주 미세한 상처들을 치료할 때 이만한 게 어디 있겠습니까?"

"어지간하면 눈으로도 되지 않소? 그러면 이게 필요가……."

"아닙니다. 그것으로도 안 되는 것이 있습니다. 그러니 만들어 주시지요."

"흐음…… 내 지난번과는 달리 믿음이 잘 안가지만 보여준 바가 있으니 한번 해 보겠소이다."

"하하. 그럼 부탁드립니다."

"한 달 정도는 기다려 주시오."

이번에는 제작기간이 좀 더 길었다. 그로서는 이것을 만들기 위해 여러 가지 준비가 필요한 듯했다.

'하기야 렌즈라는 개념도 이번에 처음 안 것이니 시간이 필요하겠지.'

실상 한 달이라는 기간도 최소로 잡은 것이리라.

한춘석은 그 성격답게 바로 작업을 들어갔다. 그동안에 운현은 새로 얻은 기구들을 가지고 실험을 시작했다.

"오행환부터 새롭게 개조해 보자."

지금까지는 손으로 가늠을 해가면서 오행환을 만들어왔

다. 정확히 양을 계량할 방법이 있어 그리 해 온 것이다.

저울도 없고, 비커와 같은 것도 없으니 당연한 일이다.

하지만 지금은 눈금이 박힌 비커가 있음으로서 전보다는 쉬이 양을 측정할 수 있게 되었다.

비록 눈금이 정확하지 못할 수도 있으나 눈대중보다는 나은 상황인 것은 확실했다.

"한 줌, 두 줌이 아니라 제대로 해 보면 약효도 고르게 올라가겠지."

이제부터는 양을 조금씩 달리해 나가면서 확실한 실험이 될 것이다.

"시작해 보실까나……."

오행환 계량을 시작하면서 동시에 흑점에서 얻은 영양에 관한 실험도 함께 시작할 생각인 그였다.

여기서 노하우를 얻으면 새로운 약을 만들 수도, 또한 금창약에 보약까지 여러모로 사용할 수 있으리라.

계량이 그만큼 중요하다.

"후우…… 어렵군."

그가 실험에 빠져 있는 그 순간, 한춘석은 새로 들어온 운현의 주문에 쉼 없이 몸을 움직이고 있었다.

유리로 렌즈라는 것을 만든다는 개념 자체도 처음 듣는

것이다.

 그런데 그것으로 작은 것을 크게 볼 수 있다니? 그가 보기엔 전혀 생각지도 못하는 말들만 해 대는 운현이다.

 '신의고 천재라고 소문이 나 있더니…… 확실히 보통은 넘는군.'

 그는 그리 생각하면서 재료를 조합하고 유리를 녹이고 굳혀 가기를 반복했다.

 운현이 구상한 것을 만들려면 판으로 된 두꺼운 유리가 필요로 했으니 처음부터 제대로 신경을 써야 했다.

 말이 쉽지 보통의 일이 아닌 것이다.

 "이걸로 정말 사람을 살릴 수 있을까…… 거 참."

 그렇게 한 달하고도 십 일 뒤. 무려 사십 일이라는 기간이 걸려서야 한춘석은 초기의 현미경을 만들어 낼 수 있었다.

 "만들다보니 재미가 들려서 열심히 해 보았소이다."

 겉으로는 한춘석의 성격만큼이나 투박하기만 한 모양이다. 원리에만 충실할 뿐 외형엔 신경 쓰지 않았으니 당연한 이야기다.

 "호오…… 상상 이상으로 좋은 배율인데요?"

 하지만 성능만큼은 진짜였다.

 '잘해야 20—30배율 정도 될 거라고 여겼는데…….'

이건 못해도 사십 배율은 나올 듯했다.

운현이 아는 상식으로 초기의 현미경이 안경 정도 수준이라는 걸 생각하면 꽤 높은 배율이지 않은가.

여기에 눈에 기를 운용하여 안력을 강화하면 사십 배율 이상의 효과를 볼 수 있을지도 모른다.

내공만 아끼지 않고, 안력을 강화하는 데만 활용을 하면 잘하면 백 배율도 가능할 것이다!

무공과 현미경의 조화인 셈이다.

"확실히 작은 걸 크게 보는 건 확인은 했는데…… 이게 정말 필요하오?"

"아무렴요! 우선 이걸 좀 보시지요."

운현이 현미경이 만들어졌다는 이야기에 미리 가져온 것을 꺼내서 보여 주었다.

"흐음……."

한춘석도 현미경의 사용법은 이미 안다. 그가 만들었으니 모를 리가 있겠는가. 그가 운현이 준 그릇 위에 현미경을 가져다 대었다.

그도 시력이 낮지 않은 건지, 기로 안력을 강화한 덕분인지 몰라도 안의 것을 제대로 본 듯했다.

"이게 뭐요?"

"곰팡이 균이란 겁니다. 이게 사람을 병 걸리게도 하지요."

 곰팡이 정도를 구하는 건 사실 쉬운 일이다. 실제로 육안으로 확인할 수도 있지 않은가. 그걸 모은 그릇이다.

 "말도 안 되는 소리!"

 한춘석은 순간 이것을 믿지 못하는 듯했다.

 "아닙니다. 곰팡이가 핀 음식을 먹으면 배가 아픈 자들이 나오지 않습니까?"

 잘못 먹고 배탈이 나는 자들이야 흔하디흔하다. 한춘석도 그것을 모를 리가 없다.

 "그건 그렇소."

 "그걸 확대해서 보는 것뿐입니다."

 "이 작은 것이 진짜로…… 사람을 아프게 한다는 거요?"

 "예. 믿기 힘드시겠지만 그렇습니다."

 "흐음……."

 아직까지도 의심스러운 눈빛을 거두지 못하는 한춘석이다. 어떻게 해야 할까?

 "정 못 믿으시면 한번 드셔보시겠습니까?"

 그제야 펄쩍 뛰는 한춘석이다. 이런 반응이라니. 은근 귀여운 구석이 있는 아저씨잖은가.

 "됐수다! 내 믿겠소! 다음은 뭘 만들면 되오?"

 다음은 또 무엇이냐니.

'이 사람도 워낙에 일을 좋아하는 사람이군. 워커 홀릭이 따로 없어.'

하기야 지금 자신조차도 새로운 기구들로 실험하는 것에 맛을 들이고 있지 않은가. 그나 자신이나 피장파장이다.

"다음은 대장장이 기술이 좀 필요합니다. 다른 분들을 통해서 만든 것도 있지만 춘석님만 하겠습니까?"

"하흠…… 얼굴에 금칠만 하시는구려. 다른 자들이 만든 거나 보여주시오."

"하하. 예."

투박하지만 서로의 자리를 잡아가는 둘이었다.

第十五章
바깥 활동을 하다

"살맛 나는군."

운현이 매일같이 드는 생각이다.

한춘석이 명품을 만들 듯 수술 도구들과 여러 연구를 위한 도구들을 갈고 닦는 동안 운현은 실험을 했다.

장인 정신 때문인지, 한춘석 덕분에 장비에는 더 신경을 쓰지 않아도 될 정도였다.

운현으로서는 자신의 일에 집중을 할 수 있게 된 것이다.

"강화 성공인가."

지난 몇 달간의 결실은 오행환의 강화였다.

양을 계량하고 그를 측정하는 것의 반복이었지만, 정확함이 가져다주는 이점은 꽤나 높았다.

한 번에 두 배 이상의 효과를 내는 것은 아니지만 전보다 고른 효능에, 약효가 삼 할은 더 높아졌다.

"이대로면 확실히 도움이 되겠어."

강화된 오행환은 아버지와 자신이 먹는 것으로 충분했다.

그 이전에 부산물이나 다름없는 약들은 따로 쓸 곳이 있었다. 오행환의 효과는 반 정도 약이다.

잘해야 반 시진 연공의 효과를 보여주는 영약이지만 이것도 장복을 하면 효과는 분명 있는 영약이다.

게다가 효과도 적당한 터라 다른 이들이 그리 크게 탐을 낼 만한 약도 아니었다. 화가 일어날 약은 아닌 것이다.

'적당한 성능에 적당한 원가는 덤이지.'

이것은 앞으로 운현의 표국에 있는 표사들이 먹게 될 약이었다. 물론 공짜는 아니다.

"성과급 대신에 이것을 보급하면 원가로도 처리가 되니까 돈을 아낄 수 있겠지."

표국 사람들에게 판매까지는 아니더라도 상을 대신해서 줄 생각이었다. 아니면 표국 사람들만 이문을 최대한 낮춰 팔 생각이다.

그리 되면 표국 사람들은 사람들대로 강해질 것이다. 충성심은 덤으로 더 높아질 것이고.

'영약을 싸게 파는 표국이니 이것보다 더 좋을 수는 없겠지.'

자신의 성과에 만족하며 운현은 여러 가지 약과 한춘석을 통해 얻은 물건들을 가지고 아버지를 찾아갔다.

* * *

국주 이후원이 운현을 맞이했다. 집무실에서 따로 할 일이 있었던 듯 그의 주변으로는 여러 서찰들이 쌓여 있었다.

"허허. 무슨 일이더냐?"

표국이 커지고 운영에 관한 여러 일을 하게 되면서 표행에서는 빠지게 된 국주다. 일선에서 물러난 셈이랄까?

덕분에 매일같이 표국에 있기는 하지만 일이 준 것은 아니었다. 오히려 더 많아진 상황이다.

"영약을 새로 개발해서 왔습니다."

"호오…… 오행환과는 다른 것이더냐?"

"예. 대신에 약효는 반입니다. 원가는 한 삼분의 일쯤 하겠군요."

잠시 놀란 표정을 했던 국주지만, 약효가 반이라는 것에 이내 실망한 표정을 짓는다.

"에이. 그것이 무엇에 쓰이겠더냐? 크흠…… 이번에 성주님에게 진상할 것이 해결되는 줄 알았건만…… 아쉽구나."

성주의 일이 있었던 것인가.

국주는 공물을 성 내로 올리러 가는 중에 따로 물건을 끼워 넣을 생각인 듯했다. 게다가 매년 있던 공물과는 달리 진상이 필요한 이유가 있기도 했다.

'황녀님이 또 무당파에 들르러 오셨다고 했었지…….'

황녀가 황후인 어머니를 위해서 기도를 드리고 다닌다는 것은 이제는 알려질 대로 알려진 일이다.

전에는 관심이 없어 몰랐을 일이나, 일전에 황녀와 관련된 적이 있었기에 그 정도는 들어서 아는 이통표국이다.

성주가 예물을 챙겨 준 것도 사실은 황녀가 입김을 넣은 덕분이라는 것을 들어 알게 된 이후원이기도 했다.

마침 공물을 올리는 데에 자신들에게 예물을 내려 준 황녀가 있으니 좋은 물건을 진상하면 나쁠 일은 없지 않은가?

받은 것이 있으니 적당히 성의를 표현하는 것도 좋은 일이었다.

그래도 우선은 공물보다는 영약에 관한 일이다. 반향환(半享丸)이라고 이름 지은 영약이기도 했다.

"흐음…… 일단 이 영약은 표국의 사람들에게 주면 좋을 것입니다."

"표국 사람들에게?"

"예. 전에 말한 성과급 있지 않습니까?"

"그래. 이미 표국 사람들에게 알린 것이기도 하지. 덕분에 이문이 조금 줄기는 했다."

일을 잘 진행하게 되면 월봉에 더해서 성과급을 지급하기로 했었다.

한 번에 많은 액수를 주는 것은 아니지만, 국주가 사람 좋게 챙겨주다 보니 그 금액이 꽤 컸었다.

"그러니까 이걸로 그걸 해결할 수 있습니다."

"성과급으로 영약을 주자는 것이냐?"

"예. 오행환의 반이니…… 그 효능은 하루 반 시진 정도. 이 정도면 나쁘지 않지 않겠습니까?"

"흐음…… 그거보다는 네가 만드는 한 달 정도 공능이 있는 영약도 좋지 않겠느냐?"

그것도 분명 나눠서 주기는 할 예정이다. 허나 그것은 역시 따로 쓰임이 있었다.

"하하. 그건 그거대로 큰일이 있을 때 주는 것이죠. 한 번 치고는 대가가 너무 크지 않습니까?"

"그것도 그렇구나. 그렇다 해도 그 반향환이라 하는 건 효과가 너무 적지 않느냐?"

"이건 대신에 한 번에 여러 알씩 주는 거지요."

"호오…… 한 번에 여럿을?"

바깥 활동을 하다 291

"예. 이주치 정도를 주면 다 합쳐서 일주일 정도 내공이 늘어나지 않습니까? 성과에 따라 주기도 아주 좋지요."

그제야 확실히 이해를 했는지 국주가 무릎을 탁 친다.

"좋구나. 아주 좋아. 네 덕에 돈이 굳겠구나."

"하하. 적당히 이문을 붙이기는 할 겁니다."

"허어…… 이 아비에게 이문을?"

"예. 그래야 저도 연구 좀 하지 않겠습니까? 후후."

"녀석. 능구렁이가 다 됐구나. 그래. 그리하도록 하자."

반향환에 대한 이야기는 이 정도면 충분했다.

다음은 역시 기다렸다는 듯이 성주에게 올릴 공물에 대한 이야기였다. 겉으로야 성주행 공물이지만 실제로는 황녀가 받을 공물이다.

성주에게 공물을 올리면 귀한 것들은 황녀에게 가기 마련이니 당연한 이야기다.

이번 일에 대해서 자세히 설명을 더해 준 이후원이 은근히 물었다.

"……해서 이런저런 것을 마련하기는 했는데. 딱히 괜찮다 싶은 것이 없구나. 혹시 네가 생각한 것이 있더냐?"

그동안 운현이 보여준 능력이 있으니 그를 믿고 물어보는 것이다.

'뭐…… 그동안 만든 걸 아버지께 보여드리려 가져오기는

했는데…… 괜찮으려나?'

 현미경을 잘만 개조하면 망원경이 된다. 아버지를 위해서 그것을 여럿 만들어 온 운현이다.

 렌즈와 현미경, 망원경이 만들어지기 한참 이전의 역사임에도 그걸 만들어서 가져 온 것이다.

 그런데 아버지에게 드리려 가져 온 망원경이 공물로 쓰이게 될 줄은 몰랐다.

 "흐음…… 사실 아버지에게 드리려 온 것이긴 한데…… 이건 어떻습니까?"

 "이게 무엇이더냐?"

 긴 원통 두 개. 처음 보는 진귀한 물건에 호기심 어린 눈을 하는 이후원이었다.

*　　*　　*

 얼마 뒤.

 "허허. 다녀오거라."

 공물을 진상한다길래 자신은 물건만 주면 될 줄을 알았다.

 실제로 망원경을 본 이후원은 놀라서 대경할 정도였다. 이 정도 진귀함이면 공물로도 차고도 넘쳤으니 당연한 일이다.

헌데 공물을 자신보고 가지고 나르라니!

자신도 이제 일류다. 고 표두의 수련과 진기의 수발이 자유로워진 덕분이다.

일류 정도면 분명 표행에 참여하지 못할 만큼 약한 무력을 가진 것은 아니다. 하지만 자신도 할 일이 많지 않은가.

그런데 표행에 가라니? 좋으려야 좋을 수가 없었다.

"으으……."

"표정이 왜 그렇느냐. 황녀님이 성주를 통해 친히 친서까지 보내셨다. 가야하지 않겠느냐?"

"하하. 맞습니다요. 안 그래도 도련님은 너무 의방에만 있으니…… 한번 나가실 때도 됐지요."

"후우…… 알겠습니다."

그래도 황명이라고 하니 어떻게 하겠는가. 신분이 낮은 게 죄라고 까라면 까야 하는 터다.

'예물로 받은 게 있으니까…… 어쩔 수 없으려나.'

갖은 핑계를 대고 싶지만, 어쩔 수 없는 상황이다.

운현이 좋아 하든 말든 공물을 위한 표행은 이후원의 관리하에 빠르게 꾸려졌다.

쟁자수만 하더라도 오십 명이 쓰였으며, 마차만 해도 세 개가 꾸려졌다. 같이하는 표사만 하더라도 팔십에 표두가 넷이 붙었다.

올 한해 등산현이 도읍에 보내는 공물이 한 번에 담긴 것이기에 대형 표행만큼 꾸려진 것이다.

총 지휘는 당연 표국 내에 제일 고수라고 할 수 있는 고 표두가 맡게 되었다.

많은 이들이 표국에 새로 들어왔지만 여전히 제일 강한 자는 그였다. 말은 하지 않아도 피나는 노력을 했을 것이 분명했다.

겸사겸사 운현에게서 '좋은 거'라는 영약도 많이 얻어먹은 덕도 있었다.

그런 그가 평상시의 모습과는 다르게 우렁찬 목소리로 말했다.

"출바알! 무한(武漢)까지 한달음에 가보자꾸나!"

"우와아아아!"

사기를 북돋은 그대로 백이 넘는 사람들이 이끄는 표행이 출발을 하기 시작했다.

가장 앞에는 고 표두가, 그 옆에는 운현이 자리한 채로 이통표국이 처음 맡는 공물행이 출발하고 있었다.

"이통표국이 확실히 커가긴 커가는 구만."

"좋은 일이지. 이왕이면 신의님이 있는 곳이 크는 게 좋은 거 아니겠는가."

마을에서 가장 영향력 있는 표국의 가장 큰 표행의 출발이다. 등산현에 몇 없는 큰 행사나 다름없는 터.

 자연스럽게 마을 사람들을 포함하여 등산현에 있는 많은 이들이 표행의 출발을 바라보고 있었다.

 그런 마을 사람들 사이에 섞여서 이통표국의 표행이 시작되는 장면을 은밀한 눈으로 바라보는 자들이 있었다.

 "예상대로의 규모군."

 "처음이라 크게 할 줄 알았는데 확실히 적어."

 "그동안 자신들이 쌓은 실력에 대한 믿음이겠지. 그 믿음도 한 번 깨질 때가 되었고."

 "그렇지. 어서 움직이도록 하자고."

 그들은 표행이 출발하자마자, 바로 몸을 움직이기 시작했다.

 운현의 표행보다도 더욱 빠르게 가야 한다는 듯한 기이한 모습이었다. 무언가가 움직이고 있었다.

　　　　　　＊　　＊　　＊

 표행을 출발하고도 꽤 지났건만 운현은 여전히 뾰루퉁한 표정이었다. 자신이 표행을 나선다는 것 자체가 별달리 마음에 들지 않는 듯했다.

그런 운현의 표정이 고까울 것도 하건만 고 표두는 여전히 사람 좋은 표정을 하며 운현을 달랬다.

"하하. 그만 불만 좀 가지시지요. 출발한 지가 벌써 오 일은 다 됐습니다, 그려."

"그래도 이 시간이면 꽤나 많이 이것저것 했을 거라고요. 슬슬 의방도 열 생각이었고요."

"그래 봤자 시일이 조금 늦어진 것뿐입니다. 그리고 혹시 모르잖습니까?"

"뭘요?"

그가 은근한 표정으로 말한다.

"황녀님에게 잘만 보이면 그 좋은 것도 또 얻을 수 있을지도 말입니다."

좋은 것이라고 하면 자소단을 말하는 것이 분명했다. 황녀라면 확실히 하나 더 구할 수 있을지도 모른다.

어쩌면 이번에 무당에 다시 들른 것도 그를 위함일지도.

하지만 아무리 황녀라고 하더라도 자소단 하나는 몰라도 둘은 무리일 것이다. 그때도 역병이 아니었다면 자신이 아니라 황후에게 갔을 영약이다.

약을 흡수할 때에야 몰랐다.

하지만, 나중에서야 황녀에 대한 소문을 듣고 사실을 알게 되었다. 덕분에 황녀에 대한 사람들의 칭송이 끊이지를 않는 상황이기도 했다.

정확히는 자소단이 아니고, 황녀가 신의를 위해서 황실에 갈 무언가를 내렸다고만 알려졌을 정도긴 하다.

하지만 진상을 잘 알고 있는 고 표두나 운현은 그것이 자소단을 뜻함을 알고 있었다.

"후우…… 그게 될 리가 없잖아요?"

"뭐 그렇기야 하지만 그래도 혹시 또 모르는 거 아니겠습니까?"

"쳇…… 고 표두님은 가끔 공짜를 너무 쉽게 바라신다니까요."

"하하. 도련님의 표현을 빌리자면 그게 제 매력이 아니겠습니까."

역시나 웃기는 위인이다. 절정의 고수가 된지 오래이건만 다른 고수들과 다르게 여전히 사람다운 냄새가 나는 고 표두였다.

한창 환담을 나누고 있자니, 그가 어느 덧 진지한 눈을 하고 물었다.

"그나저나 결정은 하셨습니까?"

"뭘요?"

"사람을 살리기 위해서 의원을 하신다 하셨으나 무공을 계속 익힌다 하셨습니다."

"아아……."

자신의 스승이나 다름없는 고표두다. 그렇기에 전에 그런 말을 한 적은 있었다.

자신의 길은 의술이나, 의술에 상생하는 것이 분명하니 무공을 계속 익힌다 말했었다. 그게 자신의 결심을 말한 몇 달 전에 일이다.

그때 고 표두가 물었다.

"사람을 살리시는 길이 의술이나…… 무공을 익히면 그 반대의 길을 걸으셔야 할지도 모릅니다."

"반대의 길이요?"

"예. 반대의 길입니다. 무공을 익히시게 되면 언젠가는…… 살인을 할 수도 있습니다."

살인.

고 표두가 말을 하기 전까지는 생각지도 못한 일이었다. 아니, 현대를 살아 본 운현으로서는 가장 큰 죄악이기도 했다.

고 표두는 평소답지 않게 그것을 논하고 있었다.

"꼭 해야 합니까?"

"피할 수 있으면 최대한 피해야겠지요. 하지만 무공을 익힌다면 언젠가는 일어날 일입니다."

"……최대한 피할 겁니다."

자신은 분명 피할 것이다.

사람 죽는 게 무섭냐고?

아니다. 자신은 의사였다. 사람 죽는 모습이야 현대에서도 봤다. 시체를 가지고 해부하는 실습도 했을 정도다.

허나 자신의 손으로 사람을 죽인다고 결심을 한 적은 단 한 번도 없었다. 무공을 익힌 지 십 년이 지난 지금까지도 생각해 보지 못한 일이다.

고 표두는 그러한 것을 묻고 있었다. 그는 이번만큼은 꽤 끈질겼다.

"그래도 피할 수 없는 때가 오면요?"

"그래도 피할 겁니다."

"정말 안 될 때가 올 겁니다. 무림인 모두 하고 싶어서가 아닌…… 살고 싶어서 살인을 할 때가 있으니까요."

"그렇게 된다면…… 후우."

한참을 두고 답을 하지 못하고 있는 운현을 고 표두는 안타까운 듯 바라봤다.

사람을 살리는 것에 마음을 두어 명의가 되고자 하는 운현의 마음을 고 표두가 어찌 모를까.

그 또한 안타까운 마음이기나 하나 운현을 위해서는 살인이 불가피함을 말할 수밖에 없었다.

'무를 익히니…….'

어쩔 수가 없음이다.

사람을 살리기 위해서 익히는 무공이 때로 사람을 죽이는 살인을 부르는 상황을 만들 수 있다는 것은 더할 나위 없는 모순이다.

허나 언제고 모순이 일어나는 것이 현실이기도 했다.

결국 운현은 그때 답을 내리지 못했다.

"……역시 모르겠습니다."

"후우. 도련님. 많이 고민하고 생각해 보시지요. 언제까지고 피할 수가 없는 물음입니다. 아시겠지요?"

"……예."

그때 대답을 했었다.

허나 아직까지도 그 답을 얻지 못한 운현이었다. 너무도 모순적인 상황이기에 내릴 수 없는 답이었다.

그런데 표행을 시작한 지 얼마 되지 않아 고 표두가 다시 답을 묻고 있었다.

"도련님."

"……."

그가 그 어느 때보다 진지한 눈을 하고 묻는다.

"……아무래도 답을 일찍 내리셔야 할 때가 온 거 같습니다."

운현은 고 표두의 말에 답을 할 수 없었다.

그들의 눈앞에 수백은 되어 보이는 자들이 무기를 번쩍이며 살기를 품고 있었다. 그 살기를 보아 적인 것이 분명한 자들이었다.

분위기를 보아 표국의 공물을 노리고 온 자들이 분명할 터.

'……정말로 결정해야 할 때가 온 것인가.'

운현으로서는 끝끝내 미뤄두었던 모순에 대한 결정을 내릴 때가 왔다.

〈다음 권에 계속〉

ORIENTAL FANTASY STORY & ADVENTURE
요도 김남재 신무협 장편소설

요마전설

妖魔傳說

**NAVER 웹소설 인기 무협
요도 김남재가 전하는 또 하나의 전설!**

유아독존 대요괴 백호와 천하절색의 미녀 월하린,
그들이 펼치는 유쾌하고 기상천외한 강호종횡기!

dream books
드림북스

완전기억자

강형욱 현대판타지 장편소설
MODERN FANTASY STORY & ADVENTURE

더욱 완벽해져서 돌아온 『퍼펙트 가이』

『완전기억자』

누구나 한 번쯤은 상상으로 꿈꿔 봤을 완전기억능력.
전 세계를 경악시킬 '완전기억자'가 나타났다!

dream books
드림북스

DREAMBOOKS★

DREAMBOOKS

DREAMBOOKS

DREAMBOOKS ★